犬のしもべ

犬のしもべ

菊池英也

水声社

このレクイエムは、ひとつの「ソナタ」であり、一夜にむすんだ夢でもある。

——アントニオ・タブッキ『レクイエム』

1

〔2002-2019〕

かかりつけの動物病院の待合室で飼い主の腕に抱かれてこと切れたというのだから、その老犬にとってこれほど幸福な結末もなかったのではあるまいか。互いにとってこの上なく満たされた結末だと、私にはいまでも思えてならない。飼い主とは、老犬にとって母親に等しい存在で、同時に私にとっての母親そのものでもある。老犬十七歳、私四十六歳。人間の年齢で換算すれば、私より倍近くも年長で、飼い主の母の年齢さえはるかに追い越していたことになる。奇妙なことにそれでもなお、十七歳の犬は十七歳の人間とは比べようもなく、どれほど耄碌《もうろく》していようと、ほとんど永遠にあどけなく無垢のままだ。飼い主の母にとってはなおさらそうであっただろう。とはいえ、人間と動物との関係においては、そうした錯覚めいた現象が存在しても特段珍しくはないのだが……。

　母との血のつながりは、もちろん私にあって犬には無いが、母からの無償の愛という点では、どうみても犬の方に軍配が上がる。母はそれほどこの犬を溺愛していた。典型的な愛玩犬で、ブリーディング全盛の時代にはもはや古風とさえ思える犬種――ポメラニアン――だが、立派な長寿に値する十七年余りのあいだ、母は片時もこの犬に愛情を注ぐことを怠らなかった。しかしそれとて、愛犬家のあふれるご時世には――同様に愛猫家らも含めてだろうが――どこにでもある普通の話で、少しも特別なことではない。ただひとつ言えるのは、人間は複数の対象に幾多の愛情を惜しみなく注ぐことができるらしいということだ。本筋から外れるが、一人息子の私もまた、母に愛されていなかったわけでは決してない。

　ポメラニアンの平均寿命が十二歳から十六歳程度とされることからすれば、十二分に天寿を全うしたわけだが、それでも晩年は見る影もなかった。母をしてこの上ない器量よしと言わしめた美貌は、すっかりどこかへ消え失せていた。毛並みは衰え、やせ細り、とくに最後の半年ほどはほとんど寝たきりで起き上がることさえままならなくなっていた。誰の目にも哀れを誘う姿ではあったが、そんな状態では多くの人の目に触れることもなく、それこそ動物病院にでも連れられていく以外には、実家の奥の間のペットベッドで、ほとんど日がな一日埋もれていた。愛犬のそんな姿が母にとってどれほど切実だったかは言うまでもない。

老犬が死んでしばらくは、母も当然のごとくペットロスの状態に陥った。けれど、周囲が心配するほどかといえば、不思議なことにそこまで深刻には見えなかった。心のうちまでは息子の私とて覗けないが、長年にわたるその溺愛ぶりからすれば、大切なものを失った傷は意外にも軽症で済んだように思う。その老いた雌犬が長寿の果てにもたらした衰弱の時間が、少なからず母に覚悟への猶予を与えたのではないか。「もう長くはない」「終わりに近い」と悟るに至る、心の準備期間となって——。いま思えば、母自身も愛犬の終末期をそのようにとらえていた節があり、呆れたことに、そんなことまでが母の中では、失った愛犬へのいとおしさに転じていた。

「あの子にはほんとに苦労させられた。ひどく臆病で神経質だし、ひ弱だったから。でも、いまになってわかったの。あたしの悲しみを少しでも和らげようと、最後まで頑張ってくれたんだと。あの子は最後まで親孝行だった……」

確かにある意味、親孝行ではあっただろう。所詮、血のつながりのない、飼い主と愛玩犬の関係であったとしても、彼らには実家に来てほどなく形成されたふたりだけの世界があったのだ。〝臆病・神経質・ひ弱〟などという形容を母の口から立て続けに聞くにつけ、それは確かにそのとおりで、否定すべき点は何もなかった。同時に、口にこそ出さなかったが、そうした性向は飼い主の母に似ている気もした。母自身にも似た者同士の感覚はあったはずだし、そもそもペットという存在は往々にして飼い主に似てくるものなのではあるまいか。共に生活するうちに性格が似通ってくるのかもしれないし、運命論的な言い方をすれば、似た者同士が磁力のように引き合って遭遇を果たすことになるのかもしれない。そう単純に括れるものではないと言われそうだが、少なくとも私はこれまでの人生で、まったく似ていない飼い主とペットとの関係を、記憶のかぎり見たことがない。〈三つ子の魂百まで〉の諺《ことわざ》どおり、幼いころの性格が年を取っても変わらないのは、すでに脳科学や発達心理学でも検証済みらしいが、実家の愛犬の場合も〝臆病・神経質・ひ弱〟という性向は、飼ってみてわかったことではなく、しばらく様子を見ていれば容易に察しがついた。初対面のときから、わが家から数百メートルも離れていない実家は厄介なお荷物を抱え込んでしまったように感じたものだ。もっとも母にしてみれば、そうした厄介な部分さえ、子犬の類いまれな愛らしさとしか映らなかった。それ以来、心のどこかで〈出来の悪い子ほど可愛い〉に類する感情をしばしば抱いていたのだろう。実際、何か手を焼かされることがあるたび、母はその種の言葉を、にこやかながらも口にしていた。

それにしても、決して扱いやすいとは言えないそんな性向はいったいどこから来たものか。生来のものと言ってしまえばそれまでだが、それればかりではないように思えてならない。ブリーダー段階でなぜか通常より早く母犬から離されたのだと、ペットショップの店員が漏らした話を母から耳にした記憶がある。ペットショップの展示ケースへそうも急がせる理由がどこにあったのか。ブリーダー側にも何らかの事情があったにせよ、生まれたばかりの子犬にとって、これはかなりむごい話ではないか。そのタイミングだったから私の母にめぐりあえたと、結果的にはそう言えるかもしれないが、早くに乳離れを強いられたことがこの犬の性格形成に少なからず影響したことは間違いない。いくら母犬の代わりに飼い主の愛情を過剰なほど受けたとはいえ、所詮、母犬から受ける生後数週間の愛情に勝るものであるはずはない。それでもこのか弱きものには、私の母の愛情が少なからず救いとなったことだろう。母が急かして母犬から引き離したわけではないが、愛犬のそんな性向を、母は最期まで不憫なものと感じていたに違いない。

2

［2002］

どうしてそのペットショップだったのか、私はそのいきさつを知らない。あえて母に訊いたこともない。ただ実家から少々遠い場所で、二、三十キロ離れた、隣のそのまた隣の町だった。ペットショップなら近くに何店もあるのだから、何かの折にたまたま立ち寄ったのがきっかけかもしれない。先代の飼い犬マルチーズが死んで次なるペットを飼いたがっていたのは父のほうで、むしろ母は消極的だった。なぜといって飼えば、こまごました世話をする役回りが自分になることを母は百も承知していたからだ。それゆえ、いざペットショップに入るまで二の足を踏む思いもあったのではないか。それでいて、その子犬を目にした瞬間から、父の興味がどの犬に向かおうが、母のためらいは雲散霧消したのだった。展示ケースのあどけない子犬に一目ぼれしたのは母のほうに違いなく、見てもいないその場の光景を、私は難なく想像することができた。

にもかかわらず、その犬をペットショップから引き取るとき、私はその場に居合わせたも同然だった。購入を決めてから耳ダニを駆除する必要があるとかで何週間か間を置いて、実家に連れ帰ったときのこと。うららかな早春の昼下がりだったが、居合わせたといっても、私も妻もペットショップに立ち入ったわけではいない。ペットショップが入居する量販店の広い駐車場で、父の運転するセダンから少し離れた場所に自分の車を止め、母が段ボールに入れた子犬とともに車に乗り込む様子を傍観者のように眺めていた。たぶん私たち家族はどこかで別の用事を済ませたあと、どういう成り行きでか、その駐車場で両親と合流したのだろう。そのとき車を降りて、段ボールの中の子犬を覗いてみたわけでもなく、ただ段ボールを抱えた母の顔だけがなぜか記憶に鮮明だ。その表情はうれしさよりも、こわれものを扱うようにこわばっていた。母にとってもそれほど神経を使うひ弱な存在だったのだろう。

それから父の車の後に付いて自分の車を走らせたが、それは単に帰り道が同じというほどの理由でしかなかった。助手席に妻、後部座席に二人の子どもを乗せて、休日の午後を楽しむはずだったのに、自分の思惑を外れて、心はどこか複雑だった。すでに実家を離れて久しい家族持ちの身ではあったが、実家で両親と暮らしたかつての記憶がにわかによみがえり、その子犬が闖入者か何かのように思えてならなかった。あるいは、これまで飼ったペットと違って、今回の経緯がすべて私抜きで進められたことへの大人げない不信感でも頭をもたげていたのかもしれない。
その足で実家へ立ち寄り、段ボールの中の、綿毛のような子犬と初対面したものの、大勢の大人に囲まれて、怯えて小刻みに震えているその様子に、私と妻はそれ以上驚かせまいと早々に実家から退散することにした。好奇心旺盛な子どもたちは興味津々で、子犬から離れようとしないので、仕方なく実家に残してきた。そのあと、母は子どもたち——つまり孫たち——を、その子犬とどう対面させたのか。たぶん自由に抱かせたりはせず、自ら抱いた子犬にそっと触れさせたり撫でさせたり、その程度でお茶を濁したに違いない。母自身も子犬の扱いにはまだおっかなびっくりなのだから、それも仕方ない。もちろん父も母も常日頃から子どもたちを可愛がってくれてはいたが、やはり子犬への愛情とは次元の違うものだと言わざるを得なかった。一人息子の私に対する母の愛情が孫たちへのものとは違うように、子犬へのものと違っても不思議はない。とにもかくにもその日を境に、新参者の子犬は新しい家族として実家に納まった。

新参者の子犬は〝リラ〟と名付けられた。「リラでいいじゃないか」という父の一言で議論は決したが、すでに母とのあいだで大方の合意はできていたようだ。私は冗談半分に〝耳ダニくん〟はどうかと提案してみたが、母は子犬を抱いたまま、どこまで本気かわからないほど血相を変えた。

「やめてちょうだい！　大事な天使に何言うの！」

それでこっちも純真な乙女をからかうような気分になり、少しばかりサディスティックな快感を味わったりもした。母に対してこんな心持ちになることなど、いままで飼っていたペットでは考えられなかった。逆に言えば、どれほどいじらしい存在であろうと、この犬には初めからペットを超えた何か特別な能力が備わっていた気がしなくもない。

言うまでもなくその名の由来は花のリラ——英語ではライラック——であって、イタリアの通貨などであるはずもない。〝臆病・神経質・ひ弱〟といった意味とは無縁でも、さしあたりこのか弱い雌犬にはふさわしい語感の名前ではあっただろう。

蛇足ながら、この命名を知ったとき、私の中でいくつかのエピソードが思い起こされた。文豪たちが飼い犬につけた名前のエピソード。たとえば、夏目漱石は自分の飼い犬を〝ヘクトー〟と名付け、フランスの作家ロジェ・グルニエは愛犬を〝ユリシーズ〟と命名した。これらの大層な名前に比べれば、実家の小ポメの名前は何と可憐な響きであることか。もっとも、ヘクトーもユリシーズも必ずしも初めはその印象に見合う犬ではなかったようだ。漱石いわくヘクトーは、ジステンパーにかかって入院したりする元気のない弱虫だったし、グルニエいわくユリシーズはどこまでも従順なポインター犬だった。とはいえ、これほど立派で勇敢な名前をつけられようと、どちらの犬も名前負けのまま終わることはなかった。名前がその主《ぬし》に馴染んでくるのか、あるいは逆に主が名前に近づいていくものなのか。漱石は随筆の中で、ヘクトーという偉大な名前にもじきに慣れたことを明かし、やがて「平凡な耶蘇《ヤソ》教信者の名前と一様に、毫《ごう》も古典的《クラシカル》な響《ひびき》を私に与えなくなった」と記している。

ただし漱石の飼い犬ヘクトーは、次第に家の者から珍重されなくなり、忘れられていく哀れな存在であったのに対し、わが実家の小ポメはある意味、初子や初孫以上に大切に育てられた。猫可愛がりが往々にしてマイナスの成長をもたらすのは、およそ人間同士に限ったことらしく、相手が猫ばかりか、犬の場合もほとんど当てはまらない。実家の犬の性向がのちにいささかねじれてしまったのは、繰り返しになるが、生来のものに加えて、生後間もない時期の母犬からの愛情不足が影響していたに違いない。「犬とは、人間が、純粋な愛の支えとするために、あえて地上の被造物から選び出した動物」と、誰だったか海外の女性作家が高らかに定義していたが、その言葉を思い起こせば、屈折する星屑にも似た多少の根性のねじれなど、飼い主の母にとってはまったく問題ではなかった。

そんなこんなで実家に納まった小ポメは、初めのうちこそ心細げに健気なばかりだったが、次第に家族の一員としての存在感を増し、気がつけば、ずっと以前からそこに棲みついている振る舞いようだった。母の子どもであると同時にその子分でもあるかのように、思うがまま家じゅうを駆け回るようになっていた。私自身が小ポメに取って代わられたような複雑な思いを心のどこかで抱えていたとしても、それは単なる子どもじみた感情でしかない。去っていった者より、やってきた者のほうが注目を浴びるのは世の常だ。しかも相手は愛玩犬。はなから太刀打ちできるはずもない。目と鼻の先にあっても週末ぐらいにしか足を運ばない実家にあっては、その子犬の増長ぶりが、日々共に暮らしている両親などより、私のほうが手に取るようにわかるのだ。実家に来てどれほど経つかと考えれば、まだわずか二カ月余りでしかないというのに……。

聞くところでは、小型犬の成長期はおおむね八カ月から十カ月齢までで、出生時に比べて約二十倍もの体重に成長するという。実家の小ポメも例外ではなく、すでに何倍もの体重になっていた。わずか二カ月余りで驚くほどの成長ぶりだ。会うたび、家の端から端まで跳ね回ったり、自らの尻尾を追ってくるくる回転したり、全身で喜びを表現するさまは、愛くるしいことこの上ない。すでにこのころからキャンキャン甲高い声で吠えるのが癇《かん》に障ったが、そんなことも含めていとおしむべき存在に変わりはなく、それは母親のみならず周囲の誰にとっても――もちろん私も例外でなく――確かにそうなのだった。いまや闖入者どころか、傍若無人な女王のように映る瞬間さえある。気がつけば、実家は滑稽なほど小ポメ中心に回っていた。母だけでなく近しい誰もが、この小ポメを大なり小なり〝純粋な愛の支え〟と考え始めていたのだろう。

こう書いていくと、飼い始めてわずかのうちに一筋縄ではいかない存在となっていたことがよくわかる。そうはいっても、あやつの存在がどれほど肥大化しようと、所詮はペットに過ぎず、それ以上でもそれ以下でもない。私自身、その存在を大人げなく斜に構えて見ていたこともすっかり忘れ、いつしかその愛らしさにしてやられていた。しかし、それだけに終わらなかったのもまた、家族の中でおそらくは私だけだった。母とも父とも、妻とも子どもたちとも、私は違った。小ポメの見えざるものが私には見えていた。いや正確には、見えざるものをあやつに見せられたのだ。

3

［2019］

私が小ポメに関するこの物語をしたためる気になったのは、一にも二にもその見えざるものを見たからにほかならない。そうでなければ、私は小ポメについて何ひとつ書き残そうなどとは思わなかっただろう。一度目の変貌は、実家に来て間もないころだった。けれど、その一度きりでは終わらず、小ポメの生涯で幾度か繰り返されたこともあって、私はなおさら、あやつの一生の流れの中にその幾たびかの変貌の時を据えてみなければならなくなった。しかも我ながら不思議なことに、なぜかその件に関してついぞ誰にも話さず、二〇一九年の今日まできた。母にも誰にも、この変貌の件をおくびにも出したことはない。だからなおさら書き記しておこうという衝動が募って、その結果、あやつが死んで実家もようやく落ち着きを取り戻したいま、筆を執る気になったのだ。小ポメに対する鎮魂や哀惜の念は母のそれとはもちろん比べようもないが、小ポメが誰にも――あの母にすら――見せなかったものを、私には見せたという点で、それ相応の使命を負わされた思いはどうにも拭い切れない。私にしてみれば、はなはだ迷惑な話で、できることなら愛らしいだけのペットのまま昇天してほしかったが、そうはならなかったばかりに、小ポメとは単に人間と犬という健やかな関係を超えて、こちらがほとんど一方的に教訓や課題を突き付けられたまま終止符が打たれた。

人知れず一連の出来事を記せば記したで、いずれどこかで誰かがこの原稿を目に留めてくれるのではないか、などという淡い期待も抱かないわけではなかった。そんな自分は何と愚かだったのか。小ポメがこの世を去ってもなお踊らされているようなもので、ある意味、あやつのしもべになり下がったまま、私はこの先も生きていかなければならないのだ。〝動物には謎めいた知性がある〟と説いたのは、ラ・フォンテーヌだったか。小ポメが私に見せたものも、あるいはそうしたたぐいのものであったかもしれない。じっと私を見つめる瞳の向こうには、確かに底知れぬ闇がいまも口を広げているような……。それでもなお、小ポメに対していまだに奥底からの腹立ちを感じないのは、やはり相手が愛玩犬だからだろう。いまもまなかいにその姿を思い浮かべれば、あのくりっと丸い瞳に見つめられ、謎めいた知性も底知れぬ闇もたちまち雲散霧消してしまう。ヘクターでもユリシーズでもなく、どこまでも愛らしい〈リラ〉という名の愛玩犬。成犬になっても化けることなく小さなままでいた、永遠のポメラニアン――。結局のところ、十七年と三カ月のあいだ、あやつは愛玩犬であり続け、この先も皆の記憶の中でその大前提が揺らぐことはない。愛玩犬の域を超えた瞬間が一生のうちに数十分あるいは数時間だけであったとしても、あやつがその生涯を愛玩犬として全うしたことには、私も疑義を挟まない。犬に限らずペットとは、まこと得な存在だと、つくづく感じさせられる。

4

〔2002〕

啓示めいた徴《しるし》とでも言うべき最初の変貌を見せられたのは、二〇〇二年六月九日のこと。日韓W杯などと言えば、もはやすっかり懐かしい響きに感じるが、その日の夜に日本代表の対ロシア戦が行われたことを、いまだ忘れもしない。小ポメの子守を頼まれて、珍しく一人で実家に出向いたのは、夜のキックオフから遡ること半日前、おそらく午後一時前後だった。

小ポメを置いて私に留守を頼むほどだから、母にとってもよほど外せない用事だったのだろう。しかも、父も私の家族もこぞって不在という、滅多にない条件下の日だった。母の外出と入れ違いに実家に向かい、鍵を開けて玄関から入ると、犬舎の中にいるであろう小ポメは、上がりこんできた輩《やから》が何者か大きな不安を抱いていたと見えて、物音ひとつ立てず、じっと身を潜めていた。居間の扉を開ける私の姿を見るや、途端に柵を引っかき、犬舎の狭さなどお構いなしに激しく動き回って、全身で喜びを表した。残念ながら母ではないが、不審な者でもないことをすぐに理解したようだ。犬舎の扉を開けてやると、勢いよく飛び出して、私の周りを飛び跳ねていたが、それもほんのいっときで、あとは戸外で何か音がするたび、気持ちは瞬時にそちらへ向いて、ひたすら聞き耳を立てている。ときには私の存在など知らぬ存ぜぬで、玄関のほうへ飛んでいく。母が戻ってきたのではないかと、頭の中はそのことでいっぱいなのだ。なかば勝手にしろと放っておき、ソファーに腰を下ろして持参した本を読み始めると、今度は私のもとへ戻ってきて、膝に乗ったり、すり寄ってきたり、しきりにおべっかを使う。しばらくすると、だいぶ落ち着いて瞼が重くなってきたようだが、絶えず耳をそばだてていることに変わりはなく、熟睡の気配はまるでない。相思相愛とはこういうことを言うのだろう。人間同士なら、たとえ最愛の相手でもここまで全身で感情をあらわにするのは難しい。まったくもって私は小ポメのしもべか、それ以下だ。世話を頼まれた身では母に文句も言えないが、考えてみれば、いまのところ世話らしい世話もしていない。いや、小一時間経つまでに少しばかりのことをやるにはやった。母に言われたとおり、決まった時間に決まった量のドッグフードを犬用のボウルに入れて食べさせた。どんなに高級な犬でも、食べ物を与えれば、おのずと素性が覗く。やはり犬は犬なのだ。「さあ、お食べ」と促す前から、食器に鼻を突っ込んでいる。行儀も何もなく、がつがつと食らい、手でも差し出そうものなら、噛みつきでもしそうに唸って横眼で睨んでくる。ちょっと前までしおらしかったのに、このときばかりは成犬どころか、ほとんど獣《けもの》に等しい。犬の先祖はオオカミと言われるが、それもなるほどと頷ける。

美容のためか、健康のためか、食事は腹八分目と決められていた。はたから見ても満腹しているとは思えず、実際、物足りなさそうな表情だ。いっそのこと思う存分食べさせてみたらどうなのか。死ぬほど食べるか、死ぬまで食べるか試してみたい気もするが、そんなことをして何かあったら大ごとだ。だいいち現実には、この健気な子犬相手にそんな非情なことができるはずもない。私も仏ではないが鬼でもない。しかし考えてみれば、管理されて食べるものも思う存分食べられない一生とは何と気の毒なのだろう。その点では先祖のオオカミのほうが――もちろん獲物にありつければの話だが――よほど幸せではないか。犬用のボウルからあっという間にドッグフードが消え失せたのは、小ポメが旺盛な食欲で一気に食べきったせいだけではない。そもそも初めから加減された量しか与えられていなかったからだ。私は母から指示された分量を――何粒かの誤差はあったにせよ――忠実に食器に投下しただけなのだ。食べ終えたときには物足りなさそうだったのに、ドッグフードが胃の腑でふやけて膨張したのか、いつの間にか満足そうな表情に変じている。それからしばらくは読書を邪魔されることもなく、小ポメは傍らで静かにうつらうつらと眠っていた。二、三十分はページをめくる音にもほとんど反応を示さなかった。そのとき読んでいたのは、確かカミュの

『ペスト』……いや、違う。そうそう、同じ感染症絡みの話でも、ガルシア・マルケスの『愛その他の悪霊について』だった。この小説のテーマというか切り口は、狂犬病。もし、傍らの小ポメが狂犬病だったら……。そんな馬鹿げた妄想にとらわれながらページを繰っていた。こやつが狂犬病で、いまここで噛みつかれでもしたら、と。物語の主人公である伯爵の娘シエルバ・マリヤの悲劇的な運命と自らを重ね合わせて、そんな愚にもつかないことを考えていた。そういえば、ニホンオオカミ絶滅の要因は狂犬病やジステンパーなどの家畜伝染病とも言われる。小ポメの子守りを頼まれた二〇〇二年時点でも、疾病がいつ私たちを襲ってくるか知れないだろうことは感じていた。一説に〈人間はどんな歴史の教訓も六百年で忘れる〉と言われるが、十四世紀の大ペストから優に六百年を超え、いつ何時、新たな疾病が思いもよらぬ形で襲い掛かってくるかもしれないと、傍らで擦りつく小ポメのぬくもりを感じながら、私は妙な不安に駆られていた。

「そうさ、そのとおりだよ。せいぜい用心したほうがいい。罹るのが人間ばかりとは限らないけどな」

そんな声を聞いた気がしたが、気がしただけで、気のせいだろうと自分の耳を疑った。大体が雌の子犬にこんな男言葉は似合わない。それに、傍らの小ポメは変わらず横になり、すやすやと寝息を立てている。それでいて、いまだ心底、眠りの淵に落ちているようには見えない。母の帰還という心待ちの種が、どこまでも熟眠を妨げているのだろう。私としてもおとなしくしていてくれるならそのほうがありがたいと、綿毛のように和らかな体毛を撫でさすることすら控えていた。ただし、それから数十分後に遭遇することになる初めての啓示めいた徴から推し量れば、それが徴の徴だったと言えなくもない。「人々は誰もが徴を持っているのに、気がついていない」と、仏作家のミシェル・ウエルベックも言っているではないか。

釈然としないまま意図的に本へ視線を戻すと、突然、玄関のチャイムが鳴り、小ポメが飛び起きた。臆病な小ポメを知る者には、それがごく自然の反射的行動だった。私がラテンアメリカ文学のマジックリアリズムの世界から一瞬にして引き戻されたように、小ポメも胡乱《うろん》な睡眠世界を打ち破られた。たぶん午後三時を回っていただろう。母なら自分で開錠して入ってくるはずだから、母でないのは確かだった。小ポメがそのへんのことまで理解しているとは思えないが、仮に母でないとしても、母であることを期待はしただろう。犬の知能は一般に〝カラス以下・猫以上〟と言われるが、仮にそれが事実だとしても、安易なことは言えない。当然ながら、種の知能だけで画一的に量れない部分もある。そして何のことはない、チャイムの主《ぬし》は宅急便だった。宅急便屋は間違いなく猫以上にして猫にあらずだが、黒い猫ではあった。小ポメは怖気づきながらも興奮して、遠巻きにキャンキャン吠えたてた。訪問者に対してはいつものことだから、とくべつ驚きもしないが、相手はその騒々しさに少なからず驚いただろう。こっちのほうが恐縮せずにはいられなかった。

「すみません、うるさくて」

「いえ、どうも。じゃあ失礼します」と、私が謝り終わらないうちに、配達員は私に荷物を渡して立ち去った。姿を消しても、小ポメは玄関の上がり框《かまち》で吠え続けていたが、ほどなくすると、心底がっかりしたように尻尾を垂れ、すっかり精彩を欠いていた。母の帰還でなかったことによほど気落ちしたのか、それとも我を忘れて狂騒に走ったせいでどっと疲れを感じたのか。たぶんその両方だろう。尻尾とともに背中を丸め、うなだれ、三白眼でうつろな表情になっている。生後半年にも満たない子犬がこれほど露骨に感情をあらわにするものかと、世話を頼まれた身からすれば少々疎ましくさえ感じられる。

宅急便の箱に貼られた伝票に目をやると「電子辞書」とある。この家の主人は、また通販でこんな時代遅れの代物を注文したのか。いや、時代遅れと言っては言い過ぎだろう。中も見ずしてどうこう言うべきでないと知りながら、どうせ中高年向けの、たいしたメーカー品でもなかろうと、はなから決めつけている自分がいる。母からさんざん刷り込まれているせいもあって、なおさらこの家の主人の通販購入癖を憂いたくなる。とはいえ、良識に従えば、自分の親をあしざまに言うのは誉められたことでない。親を蔑《さげす》めば、巡り巡って子の自分をも蔑むことになるだろう。

小ポメはそれ以降、すっかりおとなしくなってしまった。どんな寝姿でまどろんでいようと、相変わらず熟眠している様子はなく、見れば見るほど一丁前に何かを思案しているふうでもある。いまだ母恋しの一心なのか。それとも、もはや犬にあらざる深遠な思索にでもふけっているのか。たとえば、自らの親とか、もっと長尺のルーツに関することとか……。そんな馬鹿げた思いに気を削がれる自分に呆れて、強引に思考を転換してみたところが、行き着く先は今夜のW杯ロシア戦のことだった。ホイッスルが鳴るまでに必ずわが家のテレビの前に陣取るつもりだったが、それまでにまだ四時間ほどもある。これからまた何時間も小ポメと過ごすのかと思うと、いささかうんざりする。すでにもう振り回されている気がするし、この調子では読書にも集中できない。市場で犬に噛まれた伯爵の娘シエルバ・マリヤのことなど、とうに頭から消えていた。宅急便が来てからさらに三十分ほど経ち、実家へ来てからはかれこれ三時間以上になる。小ポメの面倒を見に来たというのに、やったことといえば、一回の食事と、その直後の排泄の始末くらいだ。まあしかし、一緒にいるだけでも世話をしていることにはなるだろう。小ポメはいまごろになって私に甘えるように、鼻先を太もも付近に擦りつけたまま動かないが、依然として覚醒しているのかどうかも曖昧だ。眠気を誘う昼下がりの時間帯はとうに過ぎているというのに、今度は私のほうが睡魔に襲われた。『愛その他の悪霊について』が膝からずり落ち、その拍子で開かれていたページが床でぱたりと閉じられても気づかずうとうとしていた。いずれたいした時間ではなく、ほんの十分か十五分。そのわずかなあいだだけは、意識が小ポメから離れていた。ふっと目が覚めて、自分が実家にいることに思い至ったとき、傍らに小ポメはいなかった。水でも飲みに行ったか、用でも足しに行ったかと、腰を浮かせて勝手口のほうを覗き込んだとき、そんな場所ではなく、この居間の奥にある姿見の前にどっかり座っているのに気がついた。鏡を覗き込むような仕草にはっとして、そっとソファーに尻を戻した。いったい何をしているのか。いい気になって鏡と睨めっこか。音にはひどく敏感なくせに、私に見られていることに気づいているふうもない。自分を映し出す鏡に見入っている様子がまるでナルシスのようだ。もちろん、そこに変わらぬ愛らしさの類いを感じ取ったとしても、所詮、美少年とは似ても似つかぬ、いわば〈ナルシス的な犬〉でしかないのだが。

とにかく様子が変だった。世話を任された身としては心配になって、臆病な心臓をびくつかせまいと、そっと立ち上がり、背後から回り込むように近づいた。驚いたことに、小ポメは近づく気配にも気づかず、私の気遣いなど知ってか知らぬか微動だにしない。ついに背後一メートルほどまで近寄って、できるだけ背中を丸くし、鏡に映る小ポメの姿を覗き見た。そうまでしても、小ポメはまだ自分の姿から視線を離さず、背後にいる私のことなど目に入らないようだ。母恋しさのあまり、とうとう気がふれて、石像にでも化してしまったのか。いや、冗談を言っている場合ではない。小ポメに何かあったら、ぜんぶ私の責任になる。母は半狂乱になって、一人息子の私でさえ一生呪い続けるかもしれない。——と、そのとき、小ポメの鼻先がくっと上がり、同時に視線が私のほうへ注がれた。鏡に映る私の姿に目を向けたのだ。ぎょっとして、今度は私のほうが固まりそうだった。なぜといって、小ポメの視線がいままで見たこともない冷徹さに満ちていたからだ。これが、ラ・フォンテーヌの言う〈動物の、謎めいた知性〉とやらなのか。そうだとしてもこの場合、それはいったいどこからくるものなのか。私への敵対心からくるものだとしたら、お門違いも甚だしい。ここに母がいないのは私のせいだとでも思っているのではないか。しかし、そんなことではなく、その冷徹な視線はある種、崇高な輝きを放ち、深遠なものを見通す気高さを宿しているように、私には感じられた。

私の瞳の奥を見据えるその鋭い視線に痛みすら覚えた。こう言っては何だが、たかが子犬相手に癪《しゃく》でならない。だから余計に、こちらからは視線を外したくない。それも直《じか》の視線でなく、鏡を介した視線なのだから。〝人が変わったよう〟という表現があるが、相手は人でなくても、まさにそれだ。これは私の知る、憎らしいほど愛らしくか弱い小ポメではない。いや、ある意味、憎らしいほど愛らしい部分までは同じだとしても、その先がまるきり違う。やはり何かが乗り移っているとしか思えない。突然、このタイミングでいったい何があやつに憑依《ひょうい》したというのか。あるいは私がそうなるように仕向けたとでも思われるのではと、だんだん自分に責任がある気がしてくる。小ポメの視線が私から離れず、すべての時が静止して、外界の音からも何からも遮断されたように私の耳には届かない。陰りを帯び始めた外光が辛うじて窓から差し込み、部屋全体を張り詰めた静寂が包み込む。この状態から永遠に抜け出せないような息苦しさを感じ始める。馬鹿にするのもいい加減にしてほしい。言いたいことがあるなら、さっさと言ってみろ！　ようやく開き直りの気持ちに至って、心の内からそんな言葉を投げつけたとき、小ポメは振り向きもせず、私に向かって――そう確かに、鏡に映る背後の私めがけて――尖った口を少しばかりもごもごさせて、無言でこんなせりふを送ってきた。

「馬鹿にするなんてとんでもない！　オレたちは人間と友だちなんだぜ、気の遠くなるほど遠い昔から。人間様のために尽くしてきたんだ、それこそ先史の時代からずっと……。そりゃ、ずいぶん役に立ってきたはずさ。そこんとこ、わかってもらいたいね。あんたももう少し勉強したほうがいい。あんただけじゃなくて、人間みんなだけどな」

雌犬のくせに、またも男言葉か！　それに、私のことを〝あんた〟などと抜かす。いくらこの家で可愛がられて、天使だ女王様だと甘やかされているからといって、自分を何様と思っているのか。こうして時間を割いて面倒を見てやっているのは、この僕だ！　そう言ってやろうとしたが、小ポメのふんわり丸い後ろ姿に目をやれば、その可憐さは何ひとつ変わらず、途端に、まともに腹を立てている自分が大人げない気になる。アンガーマネジメントによれば〈怒りのピークは六秒間〉だそうだが、自分でも驚くほど俊敏に気持ちを切り替え、ほとんど瞬時に心を静めようとした。六秒どころか、わずか一秒にも満たないはずだ。なぜなら、依然として時は静止したままだから。心が穏やかなほうへ向いた拍子に、今度はその瞬間思ったことを、そのまま小ポメに送ってやった。

「確かにそうだ。いろいろ役に立ってくれている。猟犬に番犬、救難犬、警察犬、盲導犬……いろいろとね。僕がすべての人間に代わって礼を言うよ。だからお前さんも、ありとあらゆる犬に代わって僕の気持ちを受け取ってほしいね」

　真剣に対応しているつもりでも、人間の悪い癖で上から目線が抜けきらない。いつしか小ポメのペースに乗せられて、癪に思いながらも、自分も犬と同じ次元に並び立とうとしている。いや、そんなふうに考えること自体、不遜というもの。こんな時間の止まった特別な瞬間には、なぜかそうでなければならないモラルめいたものすら感じる始末だ。

「わかってくれれば、それでいい。あんたたち人間とオレたち犬とは、大抵の場合、愛情を注ぎ合う関係を続けてきたんだから。もちろん例外はあるさ。いつだって例外はある。だから幸運な関係とは、さまざまな一部分を除いた大抵の場合っていう意味だけどね」

　依然として固まったまま動かず、瞳の奥から冷徹な光が放たれ続けているのに、いつの間にか潤んだ眼が悲しみをたたえている。それでいて、妙に理屈っぽい持って回った言い方をするものだから、こちらもつい訊き返したくなる。

「一部を除いてとは、どういう意味だい？　そりゃ、なかには犬を虐待したり迫害したりするやつもいるだろう。犬嫌いの人間だって当然いる。小さいころ追い回されたとか、噛みつかれた経験があるとか……。現実に、そういうトラウマで犬嫌いになったやつを何人か知ってるよ。でも、この世で百パーセントなんてことは、何であろうとあり得ない。例外はいつもどこにでもある。こうしているうちにも、犬を蹴飛ばしているやつだってどこかにいるはずだ。でもまあ、お前さんの言うように、犬はほかの動物とは違って、総じて古くから僕たち人間と良好な関係を築いてきた。お前さんみたいな愛玩犬ならなおさらだ。その容姿や仕草だけで、ほとんどの人間は参っちまう。見かけに騙されるってこともあるだろうが、大抵の人間にはお前さんたちが愛らしくって仕方ない。人間なんて意外と単純なものなんだよ」

口を突いて出る言葉が、我ながらどこか冷めたように響いてならない。とはいえ実際は、私も御多分に漏れず他の多くの人間と同様に、犬という動物の愛らしさや健気さ、従順さにひれ伏してしまう部類の人間なのだ。本音で言えば、いまや同次元どころか、すっかり〝犬のしもべ〟になり下がった気分だ。とくに小ポメに対しては、母の手放しの愛情が——こちらもいい年をしてみっともないと思いつつ——心のどこかで癪に障るのと、この日の小ポメに知られざる一面を見せられて、生意気を通り越してある種の畏怖さえ感じさせられたのとで、いまは平常に戻ったところで素直に可愛がる気力すら湧いてきそうもない。

まったくもっていいように小ポメに操られている気がするが、夢から覚めるように少しずつ周囲の現実が把握できるようになっていた。どうやら時も徐々に動き始めているらしい。鏡に映る小ポメの瞳にも、いつもの縋るような気弱さが戻りかけているように見える。母の留守中に面倒を見に来ただけだというのに、突然見舞われた緊張感から解放されてほっとすると同時に、もう一度、これだけは確かめておこうと繰り返した。

「その一部を除いてとは、どういう意味なんだい？　教えてくれよ、気になってしょうがないから」

そう尋ねると、小ポメは瞳に戻りかけた気弱さの中にぎらりと鋭利な光をよみがえらせて、どうにも生意気な物言いで訴えかけてくる。

「人間との歴史上のことを一度に話せと言われたって、それは無理な話だね。だから、さまざまな一部分って言ったんだ。それを、少しはあんたにも勉強してもらいたいわけだよ。ここはひとつ、人間の代表としてね」

いくらなんでもその横柄な言い草はなかろうと、消えかけていた不快感が鎌首をもたげた。それでも、吹けば飛ぶような子犬のくせに――などとは、人間のプライドが邪魔して口が裂けても言えない。ここはぐっとこらえて、頭の中で〝同次元、同次元〟と自らに言い聞かせながら、小ポメの愛らしい後ろ姿に目を向けて、何とか心を和ませようとする。

「人間の代表って、この僕が？　そりゃ光栄どころか、荷が重すぎる。ならば、お前さんは犬の代表とでも言うつもりかい？」

気がつけば、そんな皮肉めいた言葉を吐いている。小ポメは変わらず生意気に続ける。

「自分が犬の代表だなんて思ったことは一度もないね。犬もいろいろいるようだけど、ほかの犬のことなんてろくに知らない。何せ、生まれて半年も経たない子犬なんだから」

今度は少々しおらしくなって〝生まれて間もない子犬〟ときた。さんざん子犬らしからぬことを抜かしていたのに、よくぞそんなことが言えたものだ。それでいて、こっちがとくべつ何を言ったわけでもないのに、しおらしさは増すばかりだった。

「犬と言えば、ママと出かけたとき外で見かけたでっかいやつとか、ボクと同じようなちっこいやつとか。病院でも大きなやつやら小さなやつやら、何匹も見かけたよ。ボクの愛らしさにやきもちでも焼いたのか、ガンつけてきたやつもいた。パグだったか、バクだったか。バクなら夢を食べてるんだって、ママが言っていた。犬といっても、ほんとにいろいろだね。大抵はどいつも人間には従順なんだろうけど……。ああ、それにしてもボクのママは……。ママはいったいどうしたんだろう？　どうしてボクを置いたまま帰ってこないんだろう……」

ますます情けない声で、自分を〝オレ〟から〝ボク〟と呼ぶようになり、甘えるようにヒーヒーと鳴く。声にならない声でも、不思議と私には言葉となって響くのだ。自分にそんな隠れた能力があるとは驚きだった。人の夢を食う貘《バク》まで出てきたのもびっくりだが、そんなものが動物病院にいるわけもない。そもそも貘は犬ではなく、実在もしない。母もなかなかユーモアのセンスがあるじゃないかと感心する。しかも、人の夢を食うような動物が人に従順であるはずがない。こやつの思考はいったいどうなっているのかと、生後半年にも満たないことを考えあわせれば、少々末恐ろしくもある。それにしても、自分はよほど小ポメに見込まれてしまったのか。ありがたくもないし、いいように弄ばれている気がしてならない。とにかくいまは、人間の代表とまでいかずとも、ひとりの大人として冷静に振る舞うのが肝要だ。

「ママに会いたいんだろ。わかっているさ。だいぶ日も傾いてきたし、そろそろ帰ってくるころだろう。だからいい加減、鏡の前で固まるのはやめにして、鏡越しに僕とおかしな会話をするのも打ち止めにして、いつもの可愛いリラ子ちゃんに戻ったらどうだい？」

あえて小ポメとは言わず〝リラ〟の名前で呼んでやる。実家でもわが家でも、こやつを小ポメなどと呼ぶ者はいない。私が自分の中で勝手にそう呼んでいるだけなのだ。

「そうだね。もうやめにしよう。何かが乗り移ってたみたいだ。何だろう、犬の魂かな？　こんなところをママに見られたら、卒倒しちゃうに決まってる。ママに幻滅されたら、それこそボクはもう生きてられない……」

勝手にしてくれと、このまま自宅に帰りたくなる。〝犬の魂〟にしてやられたとは、なかなか笑える。とはいえ、やはり留守を預かった以上は、そう無責任なこともできない。もう少しの辛抱だ。ひとりの大人としてどこまでも冷静に、小ポメと同等にして同次元に――。

これでやっと元に戻れるかと思いきや、まだ周囲の緊張が解かれていないのをひしひしと感じる。小ポメ自身も〝犬の魂〟とやらに憑依されて、その呪縛からまだ完全に逃れられていないのではないか。だとしたら気の毒な気もするが、私としてはいかんともしがたい。鏡越しの視線に魅入られているうちは、こちらも身動きが取れないも同然なのだ。すると、小ポメは最後にこう告げる。

「そうだ、忘れるとこだった。さっき言ってた質問。人間との関係が必ずしも良好でなかった一部分の話さ。繰り返しになるけど、とてもじゃないが、すべてをいちどきに話すことなんてできるわけない。そうはいっても、たとえばだ」と、小ポメは再び偉そうに実例を挙げる。

「二十世紀の初めごろ、トルコのイスタンブールの街は善良な犬たちであふれていた。にもかかわらず、警察ら体制はその犬たちを排除する決定を下したんだ。その排除の方法っていうのが何ともひどくてね。いまはその一つの例、イスタンブールの場合を挙げておく。あとは自分で調べるなり何なりしてほしい」

　そこまで言うと、小ポメは瞳の中から鋭い光をさっと消し、ようやく私から目を離したかと思うと、どこか呆けたように立ち上がり、うなだれ、尻尾を股の間に隠れるほど丸めて、ソファーのほうへぼとぼ歩いていく。助走をつけてやっとのことでソファーへ飛び乗ると、ぺたりとねそべり、ソファーの縁に投げ出した前足の上に先細りの平らな顎を乗せ、情けない顔で鏡の前の私を眺めている。すっかりいつもの気弱な体《てい》に戻っている。

　私も鏡の前から移って、小ポメの前まで来てしゃがみ込むと、そのつぶらな瞳を覗いて語りかける。一方的に宿題を出されたまま放置されるのは、理不尽としか言いようがない。

「おい、まだ僕の言葉が聞こえているよな。聞こえているなら、返事をしろよ」

詰問調で問いかけてみたものの、無駄だった。小ポメは思ったとおり普段の小ポメに戻っていて、私の声なき声にはまったく反応しない。そんなことだろうとは思ったが、それでも性懲りもなく続けた。

「急にそんな海の向こうの昔の話をされてもね。調べたところで、僕ひとりがわかって何になる？ 僕というたったひとりの人間が何かそれなりにわかったところで……」

気がつけば、小ポメはソファーの縁から顔を動かさず、ときおり三白眼で私のほうをちらと見やるものの、明らかに気もそぞろ、心ここにあらずで、ピンと立った両耳は、母恋しでまったく逆の、あさってのほうを向いている。

「ああ、これがいつものお前さんだったな」と私は息を吐いて呟く。「ママさえいればいい。ママさえいれば、幸せ。そうだろ？」

心のうちの呼びかけにも、小ポメが答える様子はまるでない。

「お前さんがどうかしてたわけじゃなくて、僕が目にしたさっきのお前さんは、ひょっとして幻影に過ぎなかったんじゃないか。生後半年ほどの子犬に、あんな会話ができるはずないものな。きっと僕のほうがどうかしてたんだ。お前さんが僕に投げかけた問いは、僕が自分で潜在的に導き出したもの——そうじゃないのか？ だとすれば、何かに憑《つ》かれていたのは、この僕のほうかもしれないな」

冷静になれば、わずか何十分かのあいだの出来事がにわかには信じられない。すっかり頭が混乱していた。少なくとも、こうして留守を頼まれ、こやつの面倒を見る羽目になっていなければ、きょうという日の混乱は回避されていたはずだ。いまや母に一刻も早く戻ってきてもらいたい——そう思うのは、目の前の小ポメのみならず、この私も同じだった。とはいえ、気まずい空気を感じていたのは私だけで、小ポメの頭からは、私という人間と鏡越しに対峙した先刻の記憶など、もう完全に消え失せているのではないか。混乱しつつも、この馬鹿馬鹿しさはいかんともしがたい。半日を棒に振ってしまった気分だ。いや、棒に振るどころか、悪夢を見せられた気さえする。

梅雨時期は暮れ方近くになっても鬱陶しく、のどの渇きを感じた私は台所へ立って、買い置きの缶コーヒーを冷蔵庫から手に取った。お世辞にも香り高いとは言えない甘ったるい代物だが、とりあえずキッチンでぐっと飲み干す。うんざり感の中でも、それなりにリフレッシュはする。そうこうするあいだも、小ポメは私の行動になど見向きもせず——いつもなら目ざとく缶コーヒーの甘さに興味を示すはずだったが——、いつしかソファーから滑り降りて、玄関へ向かい、ドア越しに外界を透視するかのように、相変わらず耳をピンと立て、耳だけでなく五感のすべてを研ぎ澄まして、上がり框の突端ぎりぎりのところで母の帰りをいまかいまかと待ち受ける。その姿は健気と言うほかないが、飽くなきその根気には頭が下がる。すべては愛のなせる業と言うほかない。

それから十分ほどして、実家のほうへ近づいてくる車の音がしたかと思うと、玄関先で停車した。

玄関から動こうともしない小ポメをよそに、隣の部屋へ回って窓から外を覗くと、ちょうど門扉の隙間からタクシーの黄色い行灯が見えた。待ちに待った母のご帰還だ。それが本当に母なのか、小ポメはまだ半信半疑の様子だったが、喜びで瞬時に半狂乱状態に陥る準備だけはできているようで、尻尾がゆっくり左右に揺れ始めている。ふんわりした三角形のかたまりが上がり框の縁で前のめりに崩れていくのが、距離を置いた背後からも手に取るようにわかる。小ポメの頭にはもはや私の存在など微塵もない。門扉がガタガタと開閉されると、玄関ドアの解錠音とともに、着物姿の母が入ってくる。再会を待ちに待っていたのは、言うまでもなく小ポメのみならず母も同様だ。小ポメは母の姿が目に入るや、思ったとおりこれ以上表現しようのないほど全身で喜びを表し、ヒーヒーと引きつるような歓喜の声を上げ、ちぎれんばかりに尾を振って、狂ったようにくるくる回転しながら飛び回る。これが犬というものの、どこまでも従順で無垢な姿なのだろう。こやつの知能も御多分に漏れず〈猫以上カラス以下〉だとしても、愛情表現の純粋さにおいては、他のいかなる生き物にもまねできない。さんざん弄ばれた感のあるこの期に及んでも、小ポメがどこまでも愛玩犬であり、この上ないペット以外の何者でもないことを再認識させられる。その横溢する喜びを受け止める母も母で、尋常な可愛がりようではない。私がいることさえ目に入らないように、茶道の稽古帰りの着物姿のまま、記すのもはばかれるほどメロメロのありさまになっていた。

「おー、ちーちゃん！　ちょーでしたか、ちーたんこでしたか。おりこしてたのね。おー、ちょんなちょんな待ってたか！　こんなきゃわいいテンチをほっといて、悪いママだったわね」

顔じゅう舐められるのをものともせず、その口から発せられる、他人にはほとんど理解不能な幼児語に至っては、わざわざ翻訳するに値するほどの中身もない。何がちーちゃんだ！　何がちーたんこだ！　と呆れるばかりだが、それにしても、いつのまに〝リラ〟以外の愛称までつけられていたのか。いったいどうすればそんなわけのわからない愛称がつくのだろう。そこには理屈も何もなく、ペットには得てしてこんなふうに、他愛もない愛称が自然発生的に、しかも複数つけられたりするものだ。もちろん、目くじらを立てるほど罪深いものでもない。

再会時の、母と小ポメとのお決まりの儀式は、そう長くなく数分で終わり、やがて小ポメも母の腕の中で甘えのモードに移行して、夢見るような陶酔状態に陥っていった。この世のどこよりも安心できる場所が母の腕の中なのだろう。

「もういいね、帰るよ。これからサッカーがあるから」

ようやく家全体が落ち着きを取り戻したのを確かめてから、一度は下ろした腰を上げた。小ポメもさすがに喜び疲れたようで、母の手を離れ、犬舎のそばのカーペットの上にだらりと寝転んでいる。母もいいかげん着物を脱いで楽になりたそうだが、それでも私に言うべき礼だけは忘れない。

「悪かったわね。助かったわ。虎屋の羊羹、買ってきたから持っていって」

わざわざ銘柄を口にするほどだから、やはり虎屋は移ろうことなきブランドなのだろう。別に羊羹が好きなわけではないが、腐っても虎屋と下心丸出しで、思わず紙袋に手が伸びる。子どもたちはともかく、妻はたいそう喜ぶだろう。留守を預かったこの半日が虎屋の羊羹に見合うかどうかは定かでないが。

そそくさと玄関へ向かいかけるが、なぜか最後に小ポメをちらと覗いていく気になって、奥の部屋へ一瞬だけ引き返す。別にあやすつもりも、別れを言うつもりもなかった。最前と変わらず犬舎の近くでだらりと横たわったままだが、私が踵《きびす》を返そうとした瞬間、ゆっくり首をもたげ、どうということもなく――もちろん面倒をかけた礼を言うつもりもなさそうに――私を見やった。その視線は普段どおりの愛想も何もないものだが、その瞳の奥から、数十分前に見たあの冷徹な光が一閃放たれ、またもぞっとさせられた。小ポメはやはり少なくとも私にとっては普通の愛玩犬ではないことを再認識しながら、目をそらし、その場から立ち去るや、小ポメが首を横たえてぐったりと元の姿勢に戻るのを、私は背中に感じていた。母はすでに居間の奥で着物を脱ぎにかかっていた。

「じゃあね。鍵を閉めておいてよ」と私は居間の外から言い残し、玄関から門扉を抜け、戸外へ出た。小ポメに最後の最後でまたぞっとさせられても、虎屋の手提げ袋だけは忘れず抱えてきた。

わが家に戻ると、テレビのあるリビングは、キックオフまでまだ間があるのに、早くも試合前のざわめきに包まれていた。キックオフが夕食の時間帯というのも落ち着かないが、まずは腹ごしらえをしてからと、食事の用意された食卓についた。妻だけひとりサッカーにはほとんど興味がなさそうだが、代わりに食後に虎屋の羊羹を口に運ぶ姿はひとり幸福感に満ちていた。

試合は想像していたとおり瞬く間に過ぎて、日本は勝利した。薄氷の勝利としか言いようがないが、サッカーとは得てしてそんなもの。大抵の場合、フラストレーションとカタルシスの振れ幅が大きい競技だ。そんな興奮を伴う振れ幅のせいか、わが家へ戻ってからは、小ポメのことは――どう考えても驚くべきことなのに――なぜかすっかり忘れていた。それが、仇《かたき》を取るようにフラッシュバックしてきたのは、入浴を終え、宵のニュースを見て――そのニュースもW杯の勝利でもちきりだったが――、あれやこれやでベッドに横になってからだ。小ポメの姿が脳裏に浮かぶや、瞬く間に冴え渡り、あやつには似合わないあの冷徹な視線が再びまなかいから離れなくなった。半日も母の代わりに面倒を見てやったのに、夜夜中まで心をざわつかせてくれるとは腹立たしい。きょうの出来事のみならず先行きまでが案じられ、さまざまな思いが頭の中で錯綜し始め、このままではいつ寝付けるか知れたものではなくなった。気がつけば、頭の中に何より色濃く浮かび上がっているのが〝犬のルーツ〟というべきもの。犬のルーツは〈オオカミ、あるいはその亜種〉と言われるが、そのことはきょうも実家で小ポメの変貌ぶりを目にして何度か脳裏をよぎっていた。犬のルーツが〈オオカミ、あるいはその亜種〉なら、小ポメのあの冷徹な視線も獣のそれではなかったか。どんなに飼い慣らされた動物でもときに野生に戻ると言うが、いくら愛玩用に改良されたペットでも、本能のまま先祖返りする瞬間があって不思議はない。とはいえ、少なくともいまは、こうして小ポメに煩わされてまんじりともできずにいる状況を何とかしなければならない。明日は仕事だというのに、睡魔はいっこうに降りてきそうもない。午前二時を過ぎたあたりで、諦めの心境とともに睡眠導入剤を引っ張り出して、コップの水とともに胃の腑へ流し込む。すべては小ポメのせい、母のせい、サッカーのせい――と、あたりかまわず八つ当たりしたい気分になる。いやしかし、そんなありさまではなおさら目が冴えてしまうばかりで、何とか気持ちを落ち着けようと腹式呼吸を繰り返す。そのあと眠りに落ちるまでどれほどかかったのか記憶にないところを見ると、薬の効能のなせるわざだろう。ただし眠りの中にあっても、ふわふわと伸びたり縮んだりする毛玉らしきものが払っても払ってもまとわりついて、目覚めるまで消えることはなかった。

翌朝、真っ先に思ったのが、小ポメが眠りの中でも「自分との約束を忘れるな」と命じていたのではないかということ。そもそもきちんとした約束をした覚えもないが、実家の姿見の前で鋭い視線に射られて「犬と人間との関係について知るべきことを知れ」と迫られたも同然ではないか。そうだ、私は一方的にあやつに命《めい》を与えられたのだ。犬と人間との長きにわたる関係について考察せよ、と。

「わかった。でも、そう慌てさせるなよ。どうして僕がやらなきゃいけないのかまるきりわからないけど、お前がそう言うなら、とりあえず仕方ない。わが家の飼い犬じゃないが、実家へ来たこと自体、きっと何かの縁だろう」

おそらくは実家でまだのうのうと眠りこけている小ポメに向けて、私は届きもしない負け惜しみのようにベッドの中でそう呟いた。起き上がって顔を洗うと、今度はやはりいくら人が好くても理不尽な気がした。私もそう暇ではないのだ。犬と人間との長きにわたる関係についての考察など、そもそも私の手に負える課題ではない。なぜといって、その長きとはそれこそ気の遠くなるほどの年月だろうから。確か、犬は一万年以上前、人間が初めて家畜として飼育した動物だ。たいしてその方面の知識のない私も、その程度のことはどこかで聞き知っていた。出勤まで少し時間があったので、ちらっとネットを覗くと、たまたまこんな記述が目に留まった。

――オオカミがどの時点で犬に進化したのかはよくわかっていないが、世界各地に点在する約一万二千年前から三万五千年前の遺跡で、人間の住居跡や洞窟の中から犬の骨が見つかったり、犬が人間と共に墓に埋葬されていたりする――

そこで、はたと思い出した。そういえば、自宅からほど近い場所に国内最大級の縄文時代の貝塚があって、その住居跡から人間と同様に丁寧に葬られた犬が発掘されていたことを。その完全骨格の標本写真が、その史跡内にある博物館に展示されていた。灯台下暗しとはこのことを言うのか、思いのほか近くに犬と人間との共生を示す糸口が転がっていた。それがどれほどの糸口かはともかく、近々博物館へ出かけて、その標本を見ておく気になった。人間が縄文の時代から犬を大切に扱い、自分たちと同じように葬っていた痕跡を確かめるのが目的だが、実際に標本写真を目にすれば、新たに感じることや気づかされることがあるかもしれない。遠方まで出向く必要があるわけでもなく、史跡まで車で十分とかからず、歩いても行ける場所なのだ。国内最大級の貝塚というだけあって史跡は広大だが、行く先は敷地内の博物館。古くて規模も小さい市営の施設だが、八歳のとき東京湾を挟んで対岸の横浜から引っ越してきた当時から、改修もほとんどなされていないようだった。

そんなわけで私は次の週末、さっそく博物館へ赴いた。鬱陶しい蒸し暑さが身にこたえる午後だった。それでも日が傾き始めて、犬の散歩をする近隣の住民が史跡内のあちこちで目についた。

人と犬との関係は遠い昔から良好だった――という点では小ポメの見解とおおむね一致するものと、私は一週間が経っても感触として持ち続けていた。けれど、その良好な関係にも当然、紆余曲折がある。友好関係が長ければ長いほど、曲折があって当然だ。先週、実家であやつが口にした〈二十世紀初めのトルコ・イスタンブールの出来事〉とやらも、きっとその曲折のひとつだろう。つまり、曲がりくねった長い道程にある、ひとつの負の例示ではなかったか。とにかくそのイスタンブールの件も、おそらくはあやつから課せられた宿題であって、このまま捨てておけないことはわかっていた。けれど考えるまでもなく、私も一度にあれこれこなせるほど器用ではない。小ポメにはこう言ってやりたい。

「慌てずやるさ。機を見てゆっくりと。忘れているわけじゃないから、そこのとこはよろしく」

わが家の書斎の棚に飾ってある三つ足の弥七田織部の香炉が、ふと頭に浮かんだ。そのユーモラスな愛らしい姿の内側に――蓋を開ければ、その丸く大きな胴内に――こう書いてあるのだ。

〈のんびりと、のんびりと――〉

前衛陶芸家・鈴木五郎の作品で、数年前にオークションで買い込んだ、私の宝物とも言えるものだった。芸術家の精神の、何という崇高な優しさと細やかさ！　五郎先生、ありがとう。そんなメッセージを凡人の私にわかるように、焼きつけておいてくれるなんて！　私の味方はまだあちこちにいるのだと気を強くする。もっとも小ポメだって、あながち敵と決まったわけではない。飼い主でない私にとっても、通常は愛くるしいペットなのだ。けれど、先週末のように姿を一変させれば、とても味方とは言いがたく、敵というより、むしろ敵味方を超えた畏怖すべき存在と言うほかない。この次に変貌した小ポメに会ったら、単刀直入にお前は敵なのか味方なのかとただしてみたいが、ただささずとも、このさき付き合っていけばおのずと答えは出るだろう。そう、何事にも慌てず騒がず、ゆっくり、のんびり構えなければ。

　この博物館はいつ来てもかび臭い。私の中ではその臭いがこの博物館そのものだった。その臭いを、館内に足を踏み入れた瞬間から終始変わらず感じ続けていたとしても、今回ばかりはそれもさしたる問題ではない。問題は、写真とばかり思っていた犬の骨が、出土したまま保存された実物の標本だったこと。ずいぶん大きな記憶違いをしていたものだ。もちろん実物のほうがよほどリアルで、細部もわかり、訴えかけてくるものも鮮烈で、観察するにはありがたい。そういえば、それが〈加曽利の犬〉として名高い標本であることを、切り取られた土の上に並ぶ全身の骨を前にして思い出した。貝塚はひとつには〝ゴミ捨て場〟でもあるから、貝殻はもちろん、他の動物や魚の骨があれこれ出てくるのは当然だとしても、その犬の骨は他の骨とは違って、人間の骨と同等あるいはそれ以上に、きれいに埋葬されていた。思ったとおり犬は当時から人間の重要なパートナーであり、それほどまでに人間に愛されていたに違いない。現在のようなペットの側面がどれほどあったかはさておき、おそらくは主に猟犬としての役割を担っていたのだろう。縄文人がどんなふうにこのパートナーに接していたかは想像をめぐらすほかないが、当時の様子を夢にでも覗けるものなら覗いてみたい。小ポメ自身、そういうところまで具体的にわかっているのか。もしわかっているなら、私に勉強しろなどとケチなことを言わず、講釈でも垂れてくれればいいではないか。自分の中で犬と人間が同等であることは肝に銘じたはずだから、たとえ小ポメにいかに講釈されようと屈辱などとは思わないだろう。何事も勉強と思えば、誰から下されたテーゼであろうと構わない。小ポメに言わせれば、どうやら私は人間の代表でもあるらしいから、理屈抜きに名誉なことと考えよう。先週末の一件以来、ともすれば〈犬のしもべ〉というフレーズが頭をかすめて離れないが、いずれにせよ、この先も決して卑屈にならず、犬との良好な関係を保ち続ける現代人のひとりとして生き続けなければならないのだろう。

とにもかくにも〈加曽利の犬〉は、縄文の土の上で膝を抱えるように背を丸くして葬られていた。

頭蓋骨から背骨、尾椎、さらに後肢の先にまで至る半円形の内側には、前肢や肋骨など大半の骨が、埋葬当時のまま地表から露出している。整ったその骨格を見ていると、同じ貝塚付近から出土した人骨よりも丁寧に埋葬されているのでは、と思えるほどだ。

私が〈加曽利の犬〉ばかり熱心に見入っていたからか、大ぶりのファイルを手にした男が、にこにこ微笑みながら近づいてきた。博物館の学芸員か、ボランティアのガイドか。一見してかなりの年配だったので、どちらか察しはついたが、先方から「ガイドの加納というものですが」と名乗り、おもむろに〈加曽利の犬〉について話し始めた。

「犬というのは得がたい存在です。こんな縄文の時代から人間の役に立ってくれていたわけですから。猫なんてペットになったのは農耕が始まってからだから、ずいぶん後のこと。いまでは猫好きの人も多いようですが、犬とじゃ、ぜんぜん歴史が違う」

その柔和な口元から唐突に猫との対比が飛び出したので、少々驚いた。ずいぶん犬に肩入れする様子なので、ガイドの本分を超えてそれほどの犬好きということなのだろう。逆に言えば、猫は苦手なのかもしれない。私自身は犬派でも猫派でもないニュートラルな立場だが、こうしてわざわざ縄文の犬の骨を見学しに来たのだから、ここは犬派のような顔でいたほうがよさそうだった。

「確かに犬との付き合いは長いようですね。うちにも犬がいるので、それほど昔から犬を大切にしていたと知って、ほっとしました。この骨を見れば、誰もが納得いくでしょう」

ほっとしたとはおかしな表現だったが、いまの自分の心持ちには適っていた。口にしてから不思議に思われるのではとも思ったが、ガイドは私の言葉など気にも留めない様子で、怪訝な顔もせず、こう続けた。

「この貝塚は約五千年前から三千年前にかけてつくられたものですが、犬の骨は日本では紀元前七千年から八千年くらいの遺跡でも見つかっています。つまり縄文時代の当初から犬は日本にいて、彼らは犬をとても大切にしていた。この貝塚だけでも、犬が埋葬された跡が十四か所も見つかっている。猫とはわけが違うんですよ」

またも猫との対比で犬を持ち上げると、次第に私の知らない領域へと突入し始めた。

「当時から犬の大部分は人間と同じように丁寧に埋葬されています。まれに解体された跡のある骨も見つかりますが、それらはおそらく食用とされたのでしょう。けれど、それは本当に稀な例で、基本的には狩猟犬として扱われていたようです。狩猟中に怪我をしたのか、骨折などして狩猟犬として役に立たなくなっても、それが治癒したらしき犬もいて、大切に飼育されていたと考えられます」

そんな話を聞くうちに、おそらく縄文人と現代人とでは同じ人間でも相当の差があるはずだが、犬のほうは縄文の時代にあってもいまと基本的には大差ない気がした。大きく変わったのは人間の側で、にもかかわらず犬はいまも人間にとって大切な存在であり続けている。しかも、ひと口に犬といっても、姿かたちはもちろんのこと、性格や気質も千差万別と言っていいのに、そのほとんどすべてを一括りに〈同胞〉と呼べる動物は、まず犬を置いてほかにはいない。例えばの話、縄文の狩猟犬にも、いまを生きる実家の小ポメにも、同じことが言えるのだから。

「我々を取り囲むあらゆる生命体の中で、犬を例外として、ひとつとして我々と同盟を結んだものはなかった」とは、ベルギーの詩人メーテルリンクの言葉だったか。かの詩人のごとく他の動物たちを「不可解な心の中で我々を呪っている猛獣」とまでは、さすがに思わないが、確かに〈同胞〉の一語に当てはまる筆頭格が犬であるのは間違いない。

〈加曽利の犬〉を前、ガイドを横にして、そんなことを思い描いていると、ガイドは、勝手な安堵感に浸りつつある私の気持ちをかき乱すようなことを口にした。

「ところがです。弥生時代になると、犬の扱いはがらりと変わりましてね。ほとんど埋葬されなくなり、骨はバラバラの状態で出土することが多く、解体跡も見られます。このころはおそらく狩猟犬というより、主に食料とされていたのでしょう。まったく人間というのは勝手なものだ」

ガイドは柔和な表情の中に腹立たしさを覗かせて、その矛先を弥生人というより、人間そのものへと向けていた。

「そうなんですか。弥生時代にはそんなに変わってしまった、と。何とも不思議な話だ」

「縄文犬と弥生犬とは、同じ犬でも種類が違う。縄文犬は体長四十センチほどの小型犬で、オオカミのような顔立ちをして、手足が太くて短く、たくましい感じ。よくオオカミが家畜化したものと思われがちですが、大きさも骨の形状も違います。一方の弥生犬は、縄文犬とは骨格も違い、おそらくは大陸から渡来人とともにやってきた種なのでしょう。狩猟から農耕へと社会が変わっていった時期に、犬を食べる習慣も生まれたと考えられます。現在の日本犬はおそらくこの時期の犬が先祖なのでしょう」

ガイドの口調は再び穏やかになり、私というより〈加曽利の犬〉を見つめながら、そう話した。来館者の誰にでも同じような話をしているのか、それとも私が〈加曽利の犬〉にひどくご執心と思われたからか。私のような入館者を〝待ってました〟とばかりに待ち構えていた気もするが、そうまで縄文犬に肩入れする理由や、わずかに覗く人間への嫌悪について、それ以上掘り下げて尋ねたいとも思わなかった。ただ差し障りのないところで、こう訊いた。

「すると、縄文犬はどうなってしまったんですか？　弥生犬に取って代わられたとでも？」

「取って代わられたというより、弥生犬と同化していったのでしょう。それを消滅と言っていいのかどうか、そこは微妙なところです。いまいる日本犬にも、縄文犬の血が多少なりとも流れていると思いますよ」

考えてみれば、犬という生き物ほど、見た目からしても多種多様なものはない。実家の小ポメもいい例だが、国内各地の日本犬にしても、長い歴史の中で百パーセント純血と言い切れるものがどれほど存在するのか。

ガイドもさすがに〈加曽利の犬〉にこだわりすぎたと思ったのか、私を次の展示へ導こうとする素振りが見えた。しかし、今回の目的は〈加曽利の犬〉だけであって、ほかのものまで見学するつもりは端からなかった。

「館内に、犬に関する展示はほかにありませんよね？」と、私は念のために尋ねた。

「ええ、展示としてはこれだけです。もっと標本などあればいいのですが……」

「いろいろ参考になりました。きょうのところは〈加曽利の犬〉についてわかれば十分です」

そう言って、ほかの展示には目もくれず立ち去ろうとすると、ガイドはさすがに怪訝そうな顔をしていた。来館者もほとんどいないのだから、もっと解説したいこともあっただろうに、私は多少の申し訳なさを感じながら博物館を後にした。

駐車場へ向かいながら、あのボランティアガイドと会ったのも何かの縁があってのことで、私のあずかり知らぬところで何かが動き始めている気がした。小ポメの策略で、我知らず謎多き航海に押し出されてしまったような……。この足で実家へ行って小ポメに〈加曽利の犬〉の話をして「やっぱりお前さんたち犬とは古くからの友だちだった」などと言ってみたところで、そんな単純なものじゃないと一蹴されてしまいそうだ。なぜかといえば私自身、長い時間軸における紆余曲折の一端を早くも垣間見てしまった気がしたからだ。古くからの友だちであれ、すべてがすべていい時ばかりではない。少なくとも人間が犬を食用にしていたという弥生時代は、その曲がりくねった過程の一部分に過ぎないのだろう。

自宅に戻って書斎で一息つくと、今度は〈加曽利の犬〉との連関から、小ポメが一週間前思わせぶりに口にしたトルコ・イスタンブールの一件に思いが及んだ。二十世紀の初めごろ、その異国の街は善良な犬たちであふれていたが、当局が彼らを強制的に排除したという事件——それもおそらくは、人と犬との長いかかわりの中で起きたひとつの曲折なのだ、と。まだとっかかりの、乏しい知識しかない時点で、そんな安易な関連づけは軽率にすぎると言われるかもしれないが、そんな確信めいた思いが、私の中でにわかに渦巻き始めていた。

調べものをネットにばかり頼っては安易だと、もうそんなことを言っていられる時代ではない。さっそくトルコ・イスタンブールの一件を検索してみると、ごく通り一遍の内容だが、二、三の記述に行き当たった。小ポメが言っていたのは、まさにこの一九一〇年の事件に違いなかった。記述によれば、一九一〇年の大虐殺は、当時の政府がイスタンブール近代化の一環として、大量に街にいた野犬を駆り集めてマルマラ海の孤島へ連れていき、飢え死にさせた。記事にあるのはその程度のことで、もう少し詳しく知りたかったが、残念ながら、ネットではそれ以上の情報は見つからなかった。

それから数週間は、実家で小ポメに出くわしても、あやつはただ可愛いだけの愛玩犬でしかなかったから、いわば宿題を中途半端にしかこなしていない私としては内心ほっとした。母のいるところでは、どこまでもしおらしいペットであり続けるつもりらしい。また母不在でふたりだけになるタイミングがあれば、そのときがやはり危うい。逆に言えば、そんなときでもなければ、自分に課せられた宿題を小ポメに回答する機会は訪れない気がした。

そう躍起になって調べたわけではないが、中途半端というのもすっきりしないので、翌日、最寄の図書館に出向いてその方面の書物を何冊か手に取ってみた。東欧における動物愛護に関する本の中に、別の事例との対比で「しかしそれとて、かつてトルコで起こったことに比べれば物の数ではない」という論調の記述を見つけた。

「イスタンブールの人口以上に増えた野犬を、皇帝の命令で警察が一網打尽に捕獲し、マルマラ海のオクシアス島という無人島へ流刑にした。そこは太陽が容赦なく照りつける島で、食べ物も水もない」

気の滅入る話が書き連ねられていたが、避けては通れない。なぜなら動物に対する迫害・虐待は、トルコだけでなく、世界中のあちこちで、そのときどきに行われてきたに違いなく、何冊かの本を覗いただけで、そのことは容易に知れた。さらにイスタンブールの一件については、こうもあった。

「クルド人たちが鉄製の巨大な道具で犬を次々とひっかけていき、息絶え絶えでぴくぴく動いている犬たちが、水牛の引く荷台に放り込まれていく。そうして犬の檻を満載した艀《はしけ》から、犠牲になった犬たちが次から次へと島へ運ばれていく。オクシアス島は沖からも死臭が漂い、近づけば、無数の犬と鳥が腐った死骸に争って群がっている。漂う死骸をめぐって海中でも奪い合いが続き、まだ息のある犬たちまで溺死した」

これだけ知れば、小ポメに訊かれてもそれなりに調べたとは言えるだろう。もちろんだからといって、私が小ポメに謝る筋合いのものだとは思わない。仮にあやつが選んだ人間の代表がこの私だとしても、だ。私が小ポメのみならず誰もが認める人間の代表であるはずはないように、あやつもすべての犬の代表ではあるまい。それに、たとえそうした歴史上の曲折が数え切れないほどあちこちで繰り返されてきたとしても、人間と犬との関係が総じて良好だった事実は揺るがないだろう。長きにわたる友好関係だけは、大前提として小ポメにも認めてもらわなければならない。

そうはいっても、冷静に考えれば、いささか手前勝手に自分の考えを膨らませすぎていた嫌いもないではない。はたして小ポメは私にどれほどのことを求めていたのか。そもそも宿題はそれほど大それたものなのか。あやつが私の前でどんなに見事な変貌を遂げようと、所詮は生後数カ月の愛玩犬が口にしたことだ。いや、それが声音になった言葉ではないとしても、さすがに私にはすべて否定などできない。あやつの言葉はしっかり私に伝わっていたのだし、私としても、その部分では見て見ぬふりをせず誠実でありたいのだ。あやつに対して？　いや、むしろ自分自身に対して。

けれど、実際にはそれから何カ月も、小ポメが変貌した姿を私の前で見せることはなかった。私の中でも、あの週末の午後の出来事は、消えずとも少しずつ薄いベールに覆われていった。それもまた時の効用というべきもので、思い起こしてみるたび、あのときの小ポメの表情や口調から険しさや刺々しさが和らいでいた。あの日の険悪な姿は、どこかよそから紛れ込んできた別の犬ではなかったのか。あるいは、小ポメにとっても何者かに憑依された不可抗力によるものではなかったのか。そんなふうに思えるほど、常日頃から接しているわけでもない私から見ても、小ポメの愛くるしさは度を増していった。実家に行けば、私にも、妻にも、子どもたちにも、喜びのあまり狂ったようにクルクル跳ね回り、目いっぱい尾を振りながらキャンキャン甲高く吠え続ける。しばらくしてようやく落ち着けば、今度は一転して甘えてすり寄り、仰向けになってあたたかく柔らかなピンク色の腹を無防備にさらし、百パーセント服従の態度を示してみせる。半年も経つと、小ポメのあの日の姿を知る私でさえ、愛玩動物生来の愛らしさには抗えなくなっていた。

5

［2020-2021］

これで第一幕はほぼ書き終えたと言っていいだろう。二〇〇二年の、小ポメ初の変貌とその前後のこと。このさき、小ポメ十七年の生涯を――メルクマール主体の点描の形であれ――書き終えるには相当の時間を費やしそうだが、根気よくやり続けるしかない。それでなくても遅筆の甚だしさは、我ながらこの第一幕だけで嫌というほど思い知った。

繰り返しになるが、この手記に等しい記録については、いまだ家族を含めて誰ひとり知らず、この先もあえて誰かに言うつもりもなかった。そんな姿勢を小ポメがどう思うかは別にして、そもそも私を選ばれし者などというのは、いまでも馬鹿馬鹿しく信じがたいが、私の思い及ばぬ何がしかの理由はあるのかもしれない。というのも、私は何ひとつ秀でたところのない平凡な人間だが、先に明かしておけば、小ポメの変貌はあの二〇〇二年初夏の一度だけでは終わらず、その後も幾度か繰り返されることになったのだから。

いま私の周囲には、重苦しい感染症の影がひたひたと忍び寄っている。すでに窒息しかけた世の中の空気感からすれば、昨年春に母の手の中でコクリと息を引き取った小ポメの幕引きは、どう考えても劇的と言わざるを得ない。そうした感じ方は、どうやら母ですら私ほどには強くなかったのではないか。母にとってはむしろ、どこまでも悲しい結末というだけで、そこに去来するのは劇的とはだいぶ違う感情だった気がする。だとすれば、小ポメの最後をこうも劇的に感じるのは、この世で私ぐらいだろう。なぜといって私は、あやつが母にさえ見せなかった一面を垣間見た、間違いなく唯一の人間で、それゆえ、そんなあやつの最後を──その場に居合わせたわけではないにせよ──、生の完結という意味において誰よりも劇的に感じたところで何ら不思議はないはずなのだ。

私を取り巻くいまの状況は、個々人の息苦しさが積み重なった集団的かつ大規模で、ほとんど世界的とさえ言える厳しさだった。その原因は、言うまでもなく疾病だ。小ポメがこの世を去った昨年、つまり二〇一九年の末には、中国・湖北省武漢で原因不明の肺炎患者が出ているとのニュースを小耳に挟む程度でしかなかったが、年が明けると、感染の足音が瞬く間に近づき、私のみならず多くの人が名状しがたい不安に駆られていた。このさき感染がどれほどの広がりを見せるのか想像もつかないが、私も例外でなくそんな不安に付きまとわれながら、箱庭のようなこの書斎で、小ポメ十七年の生涯について粘り強く筆を執り続けていくしか生きるすべはなさそうだった。

それにしても、記念すべきオリンピックイヤーであるはずの二〇二〇年は、散々な年となった。私が牛歩のごとくペンを進めているあいだも――実際にはパソコンのキーを叩いているのだが――、外界では得体の知れないウイルスが世界中に拡散し、とうとうパンデミックが宣言された。日本もまもなく感染の波に飲み込まれ、オリンピックも延期された。記念すべき年はまったく別の意味での記念すべき年となった。緊急事態宣言とやらが出されると、その自粛期間中に執筆に専念できるのでは、と努めて楽観的に考えようとしたが、私の遅筆は時間のあるなしにかかわらず、世の中がどんな異常事態に陥ろうと変わることがないものと、年の半ばには悟るに至った。

行動の自由が制限された上に、まとまった時間があっても筆走らずでは、鬱屈した思いばかりが募っていく。こうなると負の連鎖によって、この特異な世の動きがいちいち気に障って仕方ない。自国第一主義の大統領が「コビ、コビ」と連呼する声が耳から離れず、新たなカタカナ言葉や安易な造語があちこちの為政者から発せられるたび、この不本意な現状を誰かのせいにしたくなる。外出もままならず、やむなく外に出れば、見渡すかぎりマスク姿の人ばかり。当初は私も品不足のあおりでマスクに困窮していたが、少し遅れて無事、マスク族の一員に納まった。どんなときにも救いの手を差し伸べてくれる殊勝な人はいるもので、いまや国内で脱マスク族を見つけるのは難しく、マスク生活に限らずさまざまな局面で、短期間のうちに私たちの生活はすっかり様変わりした。マスクに限らず、必要に迫られれば何事も文化になりうるという証しを、私たちは身をもって体験した。こんな状況下で小ポメが生きていたら、どう言うのだろう。「すべてはあんたたち人間のせい、身から出た錆だ」と、あざ笑われるのが落ちではないか。長いスパンで考えれば、過去に幾多のパンデミックや、かつての戦時下にも現状をはるかに超える生きづらさがあったのだと、そのことを言い含めてやりたいが、残念ながら小ポメはもはやこの世になく、時すでに遅しと言うほかなかった。

6

［2003］

多少の時間的な錯綜はあるかもしれない。記憶では確か生後一年にも満たない時分、何と早熟なやつかと呆れたものだ。いやしかし、物の本によれば、犬にも思春期というものがあって、それがちょうど生後半年から一年のあいだだという。実家へ行くと、小ポメが母の足にしがみついてマウンティングに耽っていた。マウンティングとは、端的に言えば自慰の意味合いもある行動で、子犬のくせにとか、雌犬のくせにとか、本能の赴くまま行動する動物にことさら難癖をつけるつもりはない。それは特別なことでもなく、むしろ自然な行為だと、物の本には書かれている。ただそれでも、愛らしい普段の小ポメからは想像もつかない、滑稽で異様な姿ではあった。もっとも、母とのあいだでは秘密裏に日常化している儀式らしく、母も思いのほか平然としたものだった。もちろん私たちの前ではこう言って、しがみつく自分の足から小ポメを何とか引き離そうとはしていたが。

「ママとのナイチョ、ナイチョ。おつけんぼは、あとにしましょ。はじゅかしいからね」

〈おつけんぼ〉とは母の造語だろうが、言い得て妙とはこのことだ。母は小ポメとの関係において、ほかにいくつもの造語をものしていた。どれもなかば自然発生的なものだろうが、母にはその手の才能があるのでは、と感心したりする。そうした造語に幼児語が混じってもなお、何を言っているかその意味がわかるというのも、考えてみれば不思議な話だ。あるいは、私がこの母の子だからわかるのか。そうはいっても母自身、いまや小ポメを私以上にわが子のように可愛がっていたのは言うまでもない。実の子であっても、私はいい大人だし、それでなくても、母と小ポメとの日常はすでに誰も入り込めない深みに達していた。その一方で、私にはまた別の、おそらくは母も知ることのないあやつとの関係が厳然と存在するわけだが、そうした場面は一年ほど前のあの日の一度きりで、小ポメのいや増す愛くるしさと反比例して、少しずつ記憶から遠ざかりつつある気がした。このまま時が流れていけば、あれは現実のことだったのか、ひょっとして私の妄想めいたものではなかったのかと、記憶が曖昧模糊としていくのが怖くもあり、同時に少々むなしくもある。要するに、それはいまや単純に忘れたいだけの悪しき記憶ではなく、むしろ一日も早くまたあの日のような変貌を見せてくれることを、私は心のどこかで望んでいた。その理由のひとつには、我ながら律儀とは思うが、宿題の報告がある。「その程度の内容かよ。これじゃ、まだまだ足りない」と一蹴されそうだが、そんなふうに挑発してほしい気持ちも心の奥底にないではない。そうしたおかしな矛盾を抱えながらも、小ポメのほうは日一日と確実に成長し、いつしか立派な思春期に突入して成犬への道を歩んでいた。〈おつけんぼ〉のみならず初潮を迎え、いっぱしの雌犬になりつつあった。初潮の折には、母はこんな言い回しで私たちに注意を促した。

「ちーたんこは、いま、ばっちだからね。おしり、気を付けてね。服、汚さないように」

こんな暗号まがいの言葉の意味も難なく理解できた。日本語はどこまでも日本語ということか。さすがの小ポメも自らの初潮で情緒不安定なのか、すっかり落ち着きを欠いている。そわそわして挙動も怪しい。いや、普段から落ち着きなく、しばしば挙動不審でもあるのだが、明らかにいつも以上にナーバスになっている。初めてのことには誰しも不安が付きまとうとはいえ、はたから見ていても、そのしおれた姿があまりに気の毒なものだから、思わず手を差し伸べて撫でてやろうとすると、途端に牙をむき、私を敵視するようにウーウーと唸る。もしや二度目の変貌か？　一瞬、頭をかすめたが、もちろん私の思い過ごしで、単に身体の変調による精神の不安定さによるものでしかなかった。考えてみれば、母の眼前であやつがそうやすやすと変貌するわけがない。立ったり座ったり、歩き回ったり、すり寄ったり、母にも私にも普段と違う振る舞いを見せていたが、母は特段心配しているふうもない。女同士で分かり合っている部分でもあるのか。ただ、小ポメが出血を自分で舐め取ろうとするときだけは、やめさせようと、しきりにティッシュをあてがっている。子犬ゆえに出血は少量だが、潔癖症の母のことだから、いずれは犬用のオムツ着用にまで突き進むだろうことは、容易に想像できた。

いつも最大限甘やかされているものの、小ポメのすべてが母の手のうちにあるかと言えば、必ずしもそうではない気がした。小ポメの知られざる一面を知る私だから、そんなふうに感じるのか。私も実家に行けば、当然のようにあやつを可愛がっているつもりだが、ともすれば心のどこかで距離を置いている自分もいた。ただし現実には、そのときが――つまり二度目の変貌のときが――訪れるまでには、それからさらに数カ月の間があった。

それは、母が家元の茶会で京都へ早朝から丸一日、家を空けたときのこと。二〇〇三年の秋も深まるころだった。あいにく父もゴルフでいない。父は夕方までには戻るだろうが、気の毒にその存在は小ポメにはさしたる興味の対象ではない。いずれにせよ、母の不在は早朝から晩まで長丁場になるので、今回はわが家で小ポメを預かることにした。子どもたちは学校の行事で出かけ、妻は午前中こそ家にいたものの、午後になって買い物へ出かけた。周囲の者みな消えて、私と小ポメふたりきりになった。ところが私には、このタイミングが二度目の変貌とはすぐに結びつかなかった。不思議なことに、私は小ポメの変貌のことを――一度目も含めて――すっかり忘れていた。まさかこのタイミングで再びああしたことが起ころうとは、なぜか頭の片隅にものぼらなかった。それはたぶん、私が実家へ出向くのでなく、小ポメがわが家に来るシチュエーションだったからに違いない。小ポメは朝からわけもわからずわが家に連れてこられて明らかに困惑していた。意気消沈して余所行きになり、借りてきた猫のようだ。私に甘えるそぶりは見せるものの、それはいつものあやつの日和見な性向で、ところ変わってわが家にいても、片時も忘れず母の帰還を待ちわびていた。もちろん相当の不安を感じていたのだろう。母に捨てられ、里子へ出されるほどに動揺していたのかもしれない。母は前日から小ポメに何度も翌日の留守のことを言い聞かせていたようだが、所詮、言葉を解さぬ相手に、長時間の不在でも夜には戻ってくるなどという理屈がわかるはずもない。いくら言い聞かせたところで、おそらくはくりっと飛び出しそうな瞳を潤ませ、悲しげに母を見つめるばかりだったろう。

「ちゅぐちゅぐだからね。ちゅこちおちょくなるけど、おりこさんで待っててね。やっちゅには帰ってくるからね」

またも幼児語に造語をまぶして小ポメに言い含める、そんな母の声が聞こえるようだった。訳すまでもなく〝ちゅぐ〟は〝すぐ〟、〝ちゅこち〟は〝少し〟、〝やっちゅ〟は〝午後八時〟のこと。母にしてみれば、相手が理解せずとも何度も言い聞かせることで、自分自身もある程度、罪の意識を消して外出できるという意味合いがあったに違いない。

私に愛嬌を振りまく一方で、わが家にいても内外の物音に絶えず耳をそばだてている小ポメの心中は、私が思う以上に悲痛なものであったのかもしれない。なぜなら、それは愛玩犬の性《さが》とでもいうべきもので、私になど愛嬌を振りまきたくもないのに振りまくしかない胸のうちが容易に透けて見えていたからだ。どこか軽んじられているような不愉快な時間を、私はこのまま夜まで過ごさなければならないのか。小ポメの身勝手な態度に振り回されながら、やがて妻や子どもたちが戻り、夜がぐっと更けるころに母が帰宅するまで、こうして小ポメに付き合うことになるのだろうか。そう考えたとき、私は初めて目の前の小ポメがいつ二度目の変身を遂げてもおかしくないことに気がついた。一度目は実家でだったが、二度目もそうであるとは限らない。リビングのソファーの上に伏せったまま、両耳をピンと立てて狸寝入りしているあやつは、いつ変貌してもおかしくない状況にあるのだと、途端に期待半分、煩わしさ半分の心境になった。このまま何事もなく時が過ぎていってほしいような、逆にこんな機会はまたいつ来るかわからないというような……。

けれど一時間、二時間と何事もなく過ぎ、午後二時過ぎになって、外でどこかの車のクラクションが鳴ったとき、小ポメは反射的に起き上がったかと思うと、ソファーから飛び降り、玄関のほうへ一目散に駆けていった。途中で大理石の床に足をとられて躓《つまず》きかけたが、すぐに立ち直り、玄関先でしきりにキャンキャン吠えたてた。母は独りで外出するとき、決まってタクシーを呼んだが、到着したタクシーが小さくクラクションを鳴らすことがままあった。そのことを思い出したのか、その日はクラクションがいわば外出の合図ではなく、帰還の合図だとでも思ったのか。考えてみれば、母が実家のほうでなくわが家のほうへタクシーで乗り付けることなど、そもそもあり得ないのに、小ポメにそんな理屈が理解できるはずもなかった。

私には車のクラクションが母とは何ら無関係であるとわかっていたから、小ポメが玄関へ飛んでいっても後も追わず、その躍動する姿を冷ややかに眺めているだけだった。どうせ意気消沈して戻ってきて、落胆の反動のように私にすり寄ってくるのが落ちだと、そんな成り行きを思い描きながら、ソファーから腰を上げもしなかった。途中で大理石の床の目地に足をとられて躓きかけたことすら気にせずにいるのは、大切なものを預かる身としてさすがに少々薄情かと思いつつ、それでも知らぬ存ぜぬを装っていると、案の定、小ポメはしばらくして諦め切ったようにリビングに戻ってきた。落胆の様子のみならず、現実に片足を引きずっていた。逆に言えば、足を引きずるさまがよけいに落胆を色濃く見せていた。ただし、それが怪我と結びつくほどのこととは考えもせず、しばらくすれば治るだろうと高をくくっていた。実際、小ポメは意気消沈しつつも、再び勢いもつけず軽々とソファーに飛び乗り、すぐに伏せっていつもと変わらないようにしか、私の目には映らなかった。それどころか、クラクションくらいで大騒ぎする小ポメに心底呆れていた。

「遅くなるってさんざん言われてたろうが。まったくわからないやつだな」

と、そう思っただけで、口に出したわけではない。口に出したところで、どうせわかりっこないだろうが、躓いた足のことを気にもせずにいた私の薄情さだけは、あやつも感じ取っていたのではないか。言葉は理解できずとも、動物は人の心を敏感に読み取ることを、私は失念していた。いまになってそのことを思い出した私は浅はかだった。小ポメはいつしか私の薄情さに腹を立て、いざるように位置を変えると、頑なにこちらに顔を向けまいとしているように見える。そんなあやつの、体の割に太い尻尾と、後ろ足をかばうような横座りの姿勢を横目で眺めていたが、いつしかそこからも視線を外し、おとなしいままでいるうちに、この退屈な時間からいっときでも逃避しようと、ソファーの脇にあるマガジンラックから通販のカタログを取り出して、暇つぶしにパラパラとめくった。最初から必要以上に構わず放っておけばよかったのだ。甘えようが吠えようが走り回ろうが、好き勝手にさせておけばいいのであって、いちいち付き合う必要などなかったのではないか。小ポメ自身、早くも待ちくたびれて疲れを感じていたのだろう。それにしても不思議なのは、朝から半日以上経っているのに、一滴の水も飲まず、小便もまったくしないことだ。いったいどうなってしまったのか。いつもなら実家で頻繁に水も飲めば、犬用のトイレへ用も足しに行く。この日はわが家にちゃんと水もトイレも用意してあるというのに、ストライキかいやがらせのつもりでもあるのか。いや、そうではなく、単純に母から引き離されてわが家に連れてこられた不安で、水ものどを通らず、尿意もしぼんでいたのだろう。だとすれば、やはり哀れで気の毒な気もしてくる。揺れる胸のうちは、私も小ポメとさほど変わらないのでは、とも考える。水を口まで運んで飲ませてやろうとも、トイレをもっとそばに移してやろうとも考えたが、小ポメがそれで素直に言うことを聞くとも思えない。ただ、夕暮れ前からはやばやヒステリックに雨戸を閉める隣家の物音に、小ポメがピクリと神経質に反応して頭をもたげたとき、あやつにひと言、こう言った。

「水もトイレもあるんだ。あんまりやせ我慢するなよ」

すると、間髪を入れず不思議な音が私の耳に届いた。

「チェッ！」

舌打ち？――まさか……。耳を疑った。ごわごわ小ポメの様子をうかがった。変わらず首をもたげたままだが、表情は見えない。続けて、こんなせりふが聞こえてきた。

「よけいなお世話だ」

はっとした。気づくまでに間がある自分の愚鈍さにも呆れた。私は思わず言い返した。

「いま何て言った？　またどうかなったんだろ。そうじゃないのか？　こないだみたいに」

「こないだって何のことだい？」

「とぼけるなよ。一年ちょっと前のことさ。忘れちゃ困る。お前は僕の前で変貌しただろ。別人みたいになって、ああでもないこうでもないと抜かしたよな」

私はもはや小ポメの変貌を――ようやく訪れた二度目の変貌を――少しも疑いはしなかった。それでもいますぐ、こちらを向いてもらう必要がある。いつもの小ポメではない変化の印をこの目でしかと確かめておきたいのだ。その顔というか、とりわけ瞳には、普段の小ポメからは想像もつかない険悪さとある種の獰猛《どうもう》さが宿って、鋭いばかりの眼光を放っているはずだから。私は悠長に小ポメが振り返ってこちらを向くまで待つわけでもなく、かといって自らあやつの顔色を窺いに行くこともしなかった。まず、じっと目を閉じて気持ちを落ち着かせようとした。逃げではなく、その逆だ。そのときが来たという思いのなか――そこまで真剣な受け止めをする自分に嫌気が差しつつも――いよいよ戦闘モードに突入する構えだった。小ポメから目を離していたその間《ま》はどれほどだったか。十数秒か数十秒か、決して長い時間ではない。実のところ、心を落ち着かせる間もなく、薄目を開けて小ポメのほうを見やってしまったのだ。すると、どうだろう！ 小ポメはいつの間にか瞬間移動でもしたように、ソファーから降りて、真向いからじっと私を見据えていた。目を閉じていたとはいえ、移動の気配すら感じさせなかった。しかし、そんな不思議も瞬く間に吹き飛び、対峙する小ポメの鋭い視線に射抜かれて、硬直するように身動きひとつできなかった。そうなることはなかば予期していたのに、やはり抗うことができない。そこにいるのはもはやいつもの小ポメではない。目つきが違う。目つきが違えば、すべてが違って見える。記憶に刻まれていたとおり、険悪さと獰猛さが混然一体となって瞳の中に充満し、それが内から外からあやつの全身を覆いつくして、毛先の一本一本にまで伝播していく。もちろん私も必死で抵抗を試みた。こちらにもプライドというものがある。いかにちっぽけなプライドにせよ、いっぱしの人間としての、さらには小ポメに一方的に決めつけられた、何がしか人間の代表としての――。

「あのときのことは、もちろん忘れちゃいない。お互い選ばれた者だからな」

小ポメは裂けた口角を精一杯引き締め、私の中枢に響くように告げた。たいてい口を半開きにし、舌を右側へだらりと垂らしている普段のありさまとは大違いだ。そのうえ、涎《よだれ》でも垂らそうものなら、狂犬病かと見まがいかねない。それにしても、いきなりの言いぐさの生意気なこと！　何が選ばれた者だ。いつ、お前まで選ばれた者になったんだ。呆れるあまり緊張が解けて、同時にあやつの呪縛からも逃れることができた。

「いくらお前さんに言われたところで、自分が選ばれた者とは思わない。それでも、少しばかりやるべきことはやったつもりだ」

思うところはいろいろあるにせよ、躊躇なく本題に入ろうとした。この瞬間を――二度目の変貌を目の当たりにしたいまこのときを――ずっと待っていた気がする。ただし、このときを心待ちにしていたなどとは口が裂けても言えなかった。

「楽しみだな。あんたなら何かしらやってくれるだろうと思っていたよ」

小ポメはますます偉そうに、相変わらずどの口で物申しているとも知れずに言った。

「やったといっても、それなりだよ。僕もそれほど暇じゃない。満足いくような結果はまだ出ていないと、あらかじめ断っておいたほうがよさそうだな」

「最初からそう簡単なものだなんて思ってないよ。何せ、犬と人間との壮大な歴史にまつわる話だからね」

この一年で私が何を知ったのか聞きもしないうちから、よくもそんなことが言えたものだ。聞こうともしないのか、最初から聞く気もないのか。どうせ道半ばと思われるのが落ちだろう。

「聞かせてもらうよ。差し支えない範囲で、じっくりとね」

まるで私の心の内を見透かしたように言う。差し支えない範囲とはどういう意味か、いちいちカチンとくる。もしこやつが人間で、普段からこんな態度だったら、相当いやな奴だろう。腹立たしさを抱えながらも、頭の中ではクリームの〈いやな奴〉が自然発生的に鳴り響いていた。ジンジャー・ベイカーのすさまじいドラムソロが――。心底不愉快なのに、手足がビートを刻んで踊り出しそうだ。蛇足ながら〈いやな奴〉の原題は〝TOAD〟。ヒキガエルやガマの意味もある。

「お前は知らないだろうな。知るわけもない。クリームの〝TOAD〟のことなんて」

我ながら人が悪いと知りながら、わざとあやつがわかるはずのない英ロックバンドの名曲についつい口走ってみる。

「アイスクリームトードだろ?」と、今度は天から降りかかる声音のように言葉を投げてきた。さすがの私も困惑して返事に窮する。

「〝揚げアイスクリーム〟のことだよ。甘いから好きなだけで、あんなに冷たいものは本来、犬は得意じゃない」

　何を言っているのかぴんとこなかったが、ふいにある光景を思い出した。

「そういえばお前、いつだったか、ママにもらっていたよな。その揚げたアイスクリームを。なかのアイスの部分だけをぺろぺろ、というか、冷たくておっかなびっくりでちょろちょろ舐めていた。ちょうどそのとき、僕はたまたま実家にいたんだ。その様子をそばで見ていた」

「そうかい。舐めるのに夢中で、覚えてないな。アイスの冷たさに手こずりながら舐めたのはよく覚えてるけど」

　すぐにでも本題に入ろうとしていたのに、どうでもいいような話になっている。

「話がそれたね。じゃあ、本題を頼むよ」

　またも先を越された。どう見ても、小ポメのほうが一枚上手だ。情けないが、ある程度は認めざるを得ない。

「じゃあ、さっそく本題に入らせてもらおう」と、私は負けじと偉そうに言った。もっとも、その先はどうしたって真面目にならざるを得ない。一個の人間として祖先の威光を傷つけるわけにはいかないのだから。

「お前さんは洋犬だから、たまたまこの東洋の小さな島国に来る運命にあっただけかもしれないが、犬という広い意味では、この日本でも古くから人間とは良き仲間だったようだ。少なくとも遠い縄文の時代からね」

「ジョウモンノジダイ……？」

小ポメもさすがにそこまでの知識はないとみえる。無理もない。私だって少し前までは、「縄文時代はいつか？」と、受験問題よろしく問われても、すぐには答えられなかっただろうから。

「一般的には一万六千±《プラマイ》八百五十年前が始まりで、約三千年前が終わりとされているが、諸説ある。とにかく気の遠くなるほど大昔には違いない」

私の説明に小ポメは何の反応も示さない。多少はわかっているのか、表情も変わらない。相変わらず、柔らかなベージュまじりの白い体毛をエアコンの風になびかせながら、私を真正面から見据えて、瞬きすらしない。そもそも人間のように瞬きしない分、飛び出しそうな丸く大きな瞳が可愛らしい時には可愛らしいが、険しい時にはより険しさを際立たせるのだ。

「素晴らしい、素晴らしいよ！　この日本でもそんなに昔から仲間だったなんて」

意外と単純だと思いきや、その表情は、声音とは裏腹にさして嬉しそうでもない。どうあれ、私は気にせず、今度こそ主導権をとろうと先を続けた。

「ならば、もう少し詳しく説明させてもらうよ」

私は自宅近くの縄文遺跡で聞き知ったことを中心に、当時の犬と人間との関係について話そうとした。だいたい想像がつくから必要ない、と返されそうな気もしたが、なかば命じておきながら、さすがにそうも言えないのか、首を垂れ、瞳にかすかな好奇心を宿したようにも見えたので、私は返事も待たず、お構いなしに説明を始めた。たいした成果でなくても、口先だけとは思われたくない。ほかの動物たちとは明らかに違って、人間と同じくらい、ときにはそれ以上と思えるほど、大切に埋葬されている犬の骨格が現実に何体も出土していることなどを。

「標本からは、縄文人が犬を大切にしていたことが一目瞭然だった。よほど大切な存在だったんだろう。骨折した犬を治癒させたと思えるケースもある。猟犬としての役目が大きかったとしても、縄文人なりの犬への愛情があったのは間違いない。そのことははっきり感じたよ。まあ、お前さんだって、これだけママに可愛がられているんだから、人に愛される気持ちはよくわかるだろう」

そんな余計な例まで引いても、小ポメはあくまで冷静だった。

「そりゃ、わかるさ。ただ、現代人と昔の人が違うように、犬だってそんな大昔といまとじゃ、いろいろ違って当然だ。逆に、そうでなけりゃおかしい。時代が違えば、愛情表現だって違ってくる。それでも愛情はどこまでも愛情なんだ。憎しみとは違う」

わかったようなことを言うので、またしても小憎らしい気になるが、その毅然とした物言いから滲み出る憂いめいたものを感じないわけでもない。それでも次の瞬間には、悦に入ったような甘ったるい声音で続けた。

「オレのママは特別だけどね。あんなに可愛がってくれる人は、世界中どこを探してもいやしない。

自分が幸せ者だってことぐらい、ちゃんとわかってるつもりだ」

ママの話をするときには、いやに素直になる。こんなにも変わるものかと呆れるしかない。いつの間にか普段のようにだらしなく舌を脇へ垂らし、眼光の鋭さも薄らいでいる。まだまだ主導権は握れないにせよ、私にも多少のゆとりが生まれていた。

「ママはそんなに特別か。確かにそうかもしれないが、どうも最近じゃママに限らず、お前さんみたいなペットにメロメロになっちまう人間が多いようでね。愛らしいばかりのペットが次々現れるっていうこともある。ただ場合によっては、あんまり溺愛が過ぎるのも考えものでね」

そう言いながら、どこか自分の言葉に矛盾が含まれていることも感じていた。まずは、少なくとも自分にとって目の前の小ポメは愛らしいばかりの存在ではないということ。いや、普段は愛らしいばかりなのだが、そうでない一面を知ってしまった私としては何とも複雑だった。二度目の変貌を目の当たりにしたいまでは、一年余り前のことが想起されて、悪く言えば二面性を持つ邪悪な存在にすら映っていた。その一方で、愛らしいペットが次々市場に現れると言ったその言葉から、小ポメは何を感じ取っただろう。「現れる」とは、この場合「作り出される」という意味でもある。気がつけば私は内心、人間の都合で繰り返される節操なきブリーディングのことにまで思いを巡らせていた。そのことで感じる後ろめたさを、鋭敏な存在と化した小ポメに悟られまいと必死だった。

小ポメがそうした問題にまで思い至れば、再び私に敵意むき出しで、さらなる難題を吹っ掛けてこないとも限らない。一年余り前の宿題さえ道半ばなのに、これ以上あやつに振り回されるのは正直、御免こうむりたい。まったくつまらないことを口走ってしまったと後悔した。けれどこのときは、私の心配をよそに、小ポメは別の方向を向いていた。幸いにも、小ポメの立ち位置はまだいつもの愛玩犬としての側に揺り戻されたままだった。丸一日置いていかれたというのに、ママの顔さえちらつけば、それを恨みに思うでもなく、良い子に戻れるようだ。そして、ママの絶大な愛の力で引き寄せられた思いの先にはどうやら、いずれ訪れる別れの悲しみが垣間見えるらしかった。ある意味、飛びぬけて聡明な小ポメは、私の言葉から人間と犬の寿命という永遠のテーゼに思いが及んだようだった。

「だって、うちのママの可愛がりっぷりは半端じゃないからね。ボクにとっちゃ嬉しいだけだけど、いつか別れるときが来ることを思うと、もう悲しくてしょうがない。普通に考えるなら、どうしたって人間のほうが長生きだものね」

小ポメは年端もいかない子どものように悲しげな顔をした。足元で私を見上げるあやつの顔のどこがどう悲しげとは言えなくても、私には確かにそう見えた。表情を変えることなく、感情が心のうちから全身へ滲み出ているとでもいうような——。

「そんなことを考えるのは、いくら何でも気が早い。お前さんは生まれてまだ一年ほどだよ。確かに犬の寿命は人間よりずいぶん短い。何分の一かに過ぎないとしても、いまからそんな先のことまで考えていたら、身が持たないよ。だいいち、寿命なんてわからないものだ。人間だっていつ死ぬかわかりゃしない。あした生きている保証だってないんだ」

別に小ポメを励まそうとしたわけではない。自分がとくべつペシミスティックな考えの持ち主だとも思わない。ただ、思うに任せて事実を言ったまでだ。もちろん一般論では、犬は人間の何分の一かの寿命しか定められていない。母の年齢がいま五十半ばであっても、常識的に考えれば、小ポメのほうが先立つ可能性が大きい。犬を飼えば——犬のみならず大抵のペットの場合——、遅かれ早かれ喪失のときを覚悟しなくてはならない。このように通常なら喪失を覚悟するのは人間のほうなのに、奇妙なことに、目の前の小ポメは、人間が考えるべきことを犬の側から考えていた。もっとも母にしても、そうした先行きがまったく頭にないとは思えない。いまはそう深刻でなくても、ペットを先に送ることを考えない飼い主などまずいないだろう。ましてこれほど溺愛している母ならば、なおのこと。いずれにせよ、わが実家の小ポメも犬である以上、私たち人間に——とりわけ母に対して——いずれやってくる喪失の悲しみを、生後一年ほどの身にして早くも投げかけていた。俗に犬のことを〈悲しみの動物〉というのは、そういう意味なのだ。またしてもここでフランスの作家、ロジェ・グルニエの言葉が思い起こされる。

——犬という相棒は、そのライフサイクルの短さゆえに、日々われわれに「死を忘るるなかれ《メメント・モリ》」ではなく「私はもうすぐ死ぬのです」ということを教えてくれている——

気がつけば、その言葉どおり小ポメは私にとっても、いまや生の悲しみの一部となりつつあった。

「そんなに消沈するなよ。お前さんは普通じゃないから、あれこれ要らぬことまで考えるんだ。普通の犬じゃ、そんなことは考えないだろ？」

意気消沈したようにうつ伏せて三白眼で私を見やるその様子は、実に情けなかった。依然として変貌を遂げたままなのに、獣を思わせるあの鋭さは影も形もなくなっている。けれど、私はどこかでまだ油断大敵という思いから逃れられずにいた。こやつの変貌には幾重ものしたたかな実相が隠されている気がした。

「普通の犬だよ、特別じゃない。いまはちょっとスイッチが入っているだけさ。一年前もそうだったけれど、あんたの前だとなぜかそうなっちまう。あんたひとりをターゲットにしちゃ申し訳ない気もするけれど、自分じゃどうにもならない。でも、普段はごく普通の犬さ。寿命のことなんて考えもしない。すべてが可愛がられるためだけにつくられているからね」

繰り返しになるが、愛らしさという点で、そんなふうに単純につくったのは人間なのだ。小ポメはいまだ、自分のような犬たちが人間の都合で改良に改良を重ねてつくり出されたものであることに思い至らないのか。思い至れば、怒りの炎が燃え上がり、その矛先が私のほうへ向かわないとも限らない。気が気ではないが、幸いにも、まだそうした方向へは向いていないようだ。それをいいことに、私は努めて平然と続けた。

「そこが厄介なところでね。だから、人間はその可愛さにまいっちまうんだ。いまのお前さんのようにときどきスイッチが入るペットだったら、誰も用心して猫可愛がりはしないさ」

私の脳裏には猫どころか、獲物を狩るオオカミの姿が浮かんでいた。形而上的には、変貌中の小ポメが私の目にはオオカミ同然に映っていたのか。犬について「全世界の何億もの人が、遺伝子操作されたオオカミを飼っている」と称した科学者もいるように、「犬の先祖はオオカミ」という定説に従えば、そんな連想がひとりでに頭の中を巡ったのだろう、思わずこんなことを口にしていた。

「いまふと思ったんだが、お前さんがそんなふうに普通でなくなるのは、一種の先祖返りじゃないのか。いまは大人しくても、さっきは愛玩犬どころか、いまにも飛びかからんとする獣のようだったよ。一年前もそうだ。あのときはさすがに驚いたな。今回は二回目だから、それほどでもない。きっとお前さんがそうなるのを、心のどこかで待っていたんだ。課題を出されて、出されたきりっていうのも、すっきりしないからね」

その言葉に、小ポメは再び普段とは真逆の領域で目覚めたようだった。すっくと起き上がると、瞳の奥に野性の光を一閃させた。私としては普段ならともかく、変貌中の小ポメの情けない姿はあまり見たくない。あやつ自身も自らを奮い立たせるようにぶるっと全身を震わせた。吹けば飛ぶような小さなからだでも、私の目には一瞬だけ、牙をむいて痙攣する狂犬病の犬のように映った。

「思い出させてくれてありがとよ。話が脇に逸れて、調子が狂っちまった。あんたから報告を聞いていたんだよな。そうだ、日本でもオレたち犬はあんたたち人間と古くから友だちだったっていう話。そうだったよな?」

小ポメは口調こそ勇ましくても、まだ完全には変貌状態に戻れないのか、どこか自信なさげだ。人に大層な課題を押し付けておきながら無責任な気もするが、ここでとやかく非難するのは、一個の人間として——もちろんその代表などとは自分ではこれっぽっちも思っていないが——さすがに大人げないだろう。ここは広い心で構えていよう。あやつも、いまは愛玩犬でなくても、変わらず犬には違いない。たとえ狂犬病のように見えても、現実にはそんな重大な疾病が二十一世紀の日本に存在するはずはないのだ。ふと、険しい表情をしたルイ・パスツールの肖像が脳裏に浮かんで、ほっと胸を撫で下ろす。この、十九世紀フランスの生化学者にして細菌学者が、狂犬病のワクチンを開発してくれたおかげで、私たちもいまでは狂犬病の呪縛から逃れ、とりわけここ日本では遥かに遠い過去の記憶となりつつあった。

「そうさ。お前さんたち犬とは、縄文の昔から友だちだった。数千年以上前の話ではあるけどね」

「ここ日本の人には、そんなに昔から心根の優しさがあるんだね。きっと、ほかの国の人たちよりも。いまじゃママがその最たるものだけど、そういう人がたくさんいる国は何て素晴らしいんだろう!」

小ポメは目まぐるしく立ち位置を変え、今度は夢見るような表情を見せた。私自身、あやつが普段の姿に戻ってほしいのかどうか、いまとなっては判然としない。心のどこかで二度目の変貌を待ち望んでいた者としては、これで終わりではいくら何でも物足りない。愛玩動物と野生動物どっちつかずの小ポメを眺めながら、ふと、ドイツの動物性愛者たちについて記したノンフィクションを思い起こした。確か、その本の著者がこんなことを言っていた。西洋には人間を優位とする自然観が根強く残っているので、動物は人間より劣る存在とみなされている。だから一般的な飼い主は犬に対して濃密な愛情表現をあまりせず、人間の言うことをよく聞いて、いつでも足元でおとなしくしているべき存在と考えているのだ、と。そんな西洋の自然観を知ってか知らぬか、小ポメはそれと同じようなことを言わんとしている気がしてならない。改良を重ねて生み出された洋犬とはいっても、小ポメの先祖が日本へ渡ってきたのは明治初期ごろで、つまり何十代か前だろうから、もしそんなことを感じているとしたら、本能のなせる業としか思えない。

「確かにお前さんの言うとおりかもしれない。日本人は総じて動物に優しいのかもな。大体が日本は、森羅万象に魂を認めるアニミズムの国だからね。ちょいと難しい話になるけど、わかるかな？」

理屈っぽいことを並び立ててもわかるはずがないと高をくくりつつ、思うままを口にした。ところが意外にも、あやつは突き放すようにこう返した。

「わかるもわからないも、理解しなくちゃいけないんだ。こっちもあんたにいろいろと要求するからにはね。つまりそれは、人間以外の存在に対する柔らな感性ってやつさ。日本人にはそれがある。

人間以外の存在と交感できる柔らかな感性を、そのジョウモンとやらの時代からずっと持っているなんて、泣きたくなるほどうれしい話だ。オレもよくよく幸せな国へ来たもんだ」

これが犬の言うことかと、私でなくても驚くだろう。馬鹿にしているつもりなど微塵もないが、それでも思わず耳を疑う受け答えだ。そういえば、愛猫に口移しで小魚をやる主人公。それに嫉妬する女。そんな話が何かの小説にあったではないか。そう、谷崎の小説だったか。

どっちつかずの小ポメがこのまま相手でも、案外、高邁な議論を続けられそうな気がしたが、なぜか私は綺麗事で終わらせたくない気分だった。都合のいいところばかりを切り取って報告するのでは、結局すっきりしないだろう。やはり知ったことすべてを正直に吐き出すべきなのだ。たとえば、縄文の次に来たる時代、弥生時代のことについても。

「お前さんはずいぶん物分かりがいい。日本人のそうした特質は間違いじゃないと思う。けれど、やっぱり犬との歴史は長いだけに、環境や時代が変われば、接し方も変わってくる。お前さんもさっき、確か似たようなことを言っていたよな」

「わかってるんだ、あんたに言われなくても。犬にとっていい時代ばかりじゃなかったこともね。それはどこだって同じだよ。どこの国、どこの地域でも。もちろん日本も例外じゃないことは察しがつくさ」

どうしてそこまで頭が回るのか、変貌域に多少なりとも足を踏み入れているかぎり、あやつの思考回路は想像以上に冴えわたっていた。言い換えれば、こちらとしてもそのほうが話が早かった。

「縄文の次は弥生時代だけど、その頃はどうやら、心根の優しいはずの日本人も、打って変わって犬を好んで食料にしていたようだ。悪く思わないでくれよ。そんな痕跡が多々あるということ。縄文や弥生ともなれば、いまの日本人とどれほど血がつながっているか知れたもんじゃない。もちろんこの小さな島国じゃ、広い意味で自分たちの祖先と言われても仕方ないけどね」

自分が知り得たことを――とはいえ、聞きかじりの情報がほとんどだが――脚色せずに小ポメに伝えた。小ポメはそうした負の部分も先刻承知の口ぶりだったが、それでも私はあやつの表情や様子を子細にうかがった。こんな話を聞けば、再び野性の本能が呼び覚まされ、獣の様相に立ち返るのではないかと勝手な憶測もし、気がつけば、心のどこかで忘れかけていた不安や恐れが兆していた。この期に及んでも、やはり小ポメの変貌を平然と見切っていられたわけではない。案の定、小ポメの表情からは数分前までの穏やかさが消え、眼光こそ一時の鋭さを欠いているものの、頑なな敵意を秘めた視線で私を見据えていた。もちろん、小ポメが私に襲いかかってこようなどとは考えもしなかった。どれほど狂暴な変貌を遂げたところで、いざとなれば、ちっぽけなあやつを振り払うことなどわけもない。もちろん、そんなことをしようものなら、すぐさま母の顔が浮かんで、怪我でもさせたら大ごとになるとわかっていた。留守を任された者の責任放棄の罪だけでは済まされない……。そんなふうにあれこれ考えているうちに、見れば、小ポメは――あの可愛いはずの小ポメがだ――いよいよ牙をむき、小さく唸り声を上げているではないか！　それでも私は、もはやそうやすやすとひるみはしなかった。

「おあいにく様だな。お前さんたち犬とのかかわりにおいて、すべての歴史の責任を負えと言われても、それは筋違いと言うもの。お前さんの使命感あふれるミッションには協力を惜しまないつもりだが、自分から人間の代表だなんて言ったことは一度もないからな」

さすがの私も恐れや不安を通り越し、あまりの理不尽さに少々感情的になっていた。小ポメの頭の中までは覗けないにしても、勝手がすぎるとしか思えない。そんなことが起ころうはずもないのに、私の脳裏にはそのとき、どこかで目にしたオオカミの逸話が浮かんでいた。かつて日本でも、人間とオオカミはある種の緊張関係にあった。いまではニホンオオカミが絶滅して久しく、その面影さえ忘却の河に流されつつあるが、オオカミとの壮絶な闘いを物語る話は各地の文献などに数多く残る。とりわけ狂犬病に罹ったオオカミと、それに絡んだ人間には、たいてい双方に悲劇的な結末が待ち受けていた。信濃地方のある農夫はオオカミに襲われると、片腕を食いちぎられそうになりながらも、その腕を、手にしていた小刀もろともオオカミの口の奥底へ突き立て、その獣を絶命させた。そんな勇猛果敢な農夫も二カ月後には狂犬病を発症し、狂ったようにもだえ苦しんで息絶えたと伝えられる。

「まあ、長い歴史の中にはいろいろある。いくら友好的な日本人でもね」

私は努めて冷静さを装い、小ポメの怒りにまともに付き合うまいとした。しかし、小ポメはそんなことで納得するふうもなく、相変わらず牙を隠さず、唸りを押し殺そうともしない。それでも、少しばかり余裕を手に入れた私はこう続けた。

「さっきはずいぶん理知的なところを見せてくれたのに、百八十度の変わりようだな。あそこまでお前さんと高尚な話ができるとは正直、思ってもみなかった。そういえば、一年前にちらっと聞いたトルコのことも本で少し調べたよ。二十世紀初めごろのトルコ・イスタンブールの、あの一件さ。あれは実にひどい話だな。お前さんが憤るのも無理はない。日本から遠く離れた国の話ではあるけれど、同じ人間の所業という意味じゃ、僕としても肩身が狭い」

話の流れで下手に出たところで、すかさず小ポメが口をはさんだ。もちろん牙をむいて唸ったまま、じかに私の中枢へ。

「わかってくれたなら、それでいい。オレたちの仲間がひどい迫害を受けたことは事実だけれど、イスタンブールの一件だけが迫害のすべてじゃない。それはただの一例で、そんなことは世界のあちこちであったことだ。現にここ日本だって、オレたちを迫害した時代があったわけだから」

「時代時代でいろいろだからね。世の中が戦《いくさ》や飢饉《ききん》で乱れていた時代も長い。さっき話した縄文の時代は日本の歴史上、最も平和な時期とも言われている。だからこそ、お前さんたち犬とも良好な関係を築けたんだろう。それに比べれば、時代が下っていまから千数百年前の平安時代の、『九相詩絵』といった絵巻物などには、飢饉や疫病などで市中に転がる屍《しかばね》に、犬たちが群がり、死肉をむさぼっている描写もある。それだって、長い年月の中では驚くほどのことでもないだろう。人間が犬を食べたことがあるように、その逆だって当然ある。ただし、犬が進んで人間を襲って食べるなんてことは、オオカミでもなけりゃそうはないだろうが……」

「犬を食べる国は、いまだってあるじゃないか」と、小ポメが非難めいた口調で捨てぜりふを吐いた気がしたが、聞こえるか聞こえないかの呟きで、あるいは私の幻聴だったかもしれない。幻聴でなければまた厄介なことになるのでは、と不安がよぎったが、そのあと、小ポメはようやく黙り、ろくに迫力もない牙を隠した。険しい表情は崩さないが、さして怒っているふうでもなく、逆にショックを受けたふうもない。このときばかりはあやつの心のうちがまったく覗けなかった。

「また何かわかれば話そうとは思う。ただ、こうしていつも話ができるわけじゃないからね。お前さんはまもなく可愛いばかりの小ポメに戻るんだろ。そうじゃないと困るしな。ママが発狂しちまうから。だからいまのうちに訊いておくけど、お前さんの目的は結局、何なんだ？　僕からいろいろ聞き出したところで、それをどうこうすることはできないだろ。何かに書き残して、孫子の代にまで伝えるなんて芸当も無理だろうしな」

「ひどいことを言うな」と、小ポメは不満そうに言った。「そう言われちゃ身も蓋もない。知るべき使命を感じたから、あんたを見込んで託したっていうのに……」

勝手な言い草だと思いながらも、小ポメ自身、やり場のないむなしさを抱えているように見えた。やり場のないのはむなしさばかりか、使命とやらの名のもとに私から得た情報さえ、所詮、自分が知るだけでやり場などどこにもないではないか。

「いくら見込まれても、何度も言うように僕には荷が重いんだよ。僕の知ったことをお前さんに伝えても、そこから先は何の役に立つというんだ。もういい加減、こんなゲームはやめにして、愛らしい〝ちーたんこ〟一筋に戻ったらどうだい。そのほうが僕だけじゃなくて、お前さん自身も気が楽だろう」

「ゲームとはあんまりだな。そんなふうに見えるのかよ。オレは真剣なんだぜ。ちょっとばかり、あんたのことを買いかぶっていたみたいだ」

〝ゲーム〟という表現は、自分でも口にしてから少々違和感を覚えた。あやつの反発を呼びそうな気もしていたが、口に出してしまってはもう遅い。案の定、小ポメは憤慨して、刺々した口調で相変わらず声なき声で私に語りかけてきた。

「もういいよ。あんたの言うとおりやめにしよう。この家へ連れてこられたせいで、足まで痛めちまった。でも、これだけは言っとかなくちゃな。次の課題は……そう、人間の身勝手さについて。いままでの延長めいた課題だけど、オレたち犬が、たとえばオレのようなポメラニアンがだ、そもそもどんな姿をしていて、どうしていまのこの姿になったのか……」

中途半端な問題提起でもしたつもりなのか、そこまで言うと、あやつの二度目の変貌のときは唐突に消滅してしまった。というのも、そのとき——午後四時を回ったばかりだったが——、妻が子どもたちをどこかで拾って賑やかに家に戻ってきたからだ。少なくとも数秒前まで小ポメと二人だけの、それなり緊張感漂う世界に——それが楽しいばかりのものではなくても——没頭していたせいか、車が家の車庫に入る音にも気づかなかった。勝手口が開く音と同時に、妻の「ただいまー」という声、そして子どもたちのどたどたと賑やかに上がり込んでくる音が、耳に飛び込んできた。もちろん小ポメの耳にも届いていただろう、変貌状態が瞬時に解かれてしまったほどだから。ただしそれでもなお——それがわが家における、わが家族によるものであっても——小ポメは一瞬、母の帰還を想起したに違いない。びくっと起き上がり聞き耳を立てたかと思うと、一目散に勝手口のほうへ飛んでいくときには、間違いなくいつもの小ポメに戻っていた。子どもたちと遭遇するや、わが家は大騒ぎになった。子どもたちは御多分に漏れず動物が大好きだし、妻も基本的に嫌いなほうではない。それより何より、そもそも小ポメのほうが母の次ぐらいに好いているのが私の妻なのだ。変貌のときこそ私の前でああも男勝りの態度や口利きをするものの、普段は情けないまでに臆病で神経質なのだから、当たりの柔らかい女のほうが総じて男よりもいいのだろう。ましてや、ひとつ屋根の下に住んでいる父に対しては、はたからみてもあまりに愛想がなく、あらわな感情表現もほとんどせず、母と比べれば、それはそれは気の毒なほどだった。小ポメの前では家長の威厳も何もあったものではない。私に対しても、普段は——とくに母がそばにいれば——申し訳程度にしか愛嬌を振りまかない。接する時間も短く、まともに世話をするわけでもない野郎どもなど私も含めて二の次ということか。愛玩犬なら誰にでも尻尾を振って愛嬌を振りまくべきだ、などと恨み節を吐くつもりは毛頭ないのだが。

とにかく好きな者と出くわせば、相手が母でなくても喜びを爆発させる。それでも私にはわかっていた。子どもたちは小ポメに遭って賑やかにはしゃいでいるし、小ポメのほうも十分すぎるほどそれに応じていても、心の底では変わらず誰よりも母の帰りを待ち望んでいることを。はっきりした自覚があるのかないのか、いずれにせよ、帰宅したのが母でなくてがっかりしたのは間違いない。ぬか喜びが瞬時にわが家の者たちに対する喜びにすり替わったというだけの話だ。そんな変わり身の早さは、いかにも小ポメらしくはある。心のうちはおくびにも出さず、喜んで飛び跳ねて見せる愛玩犬としてのプロ根性——役者ぶりと言っては言い過ぎか——は、あっぱれと言うほかない。突然降ってわいた宅内の喧騒を、私は傍観者として思いのほか冷静に眺めていた。小ポメは私のことなど、とうに眼中にない。ほんの数分前まで、妻も子どもたちも、もちろん母さえ知らない別の姿を、あれほど私の前であからさまに見せていたというのに……。

「いいかげん疲れたから、あとは任せる」

仰向けに腹を見せて子どもたちに撫でられる小ポメの無抵抗、無防備ぶりを横目で見ながら、私は妻にそう言って書斎に引き上げようとした。

「何やってたの？　エサもまだじゃない」

妻も出かけて疲れているのか、少々棘のある言葉が飛んできたが、私に反論されるのを避けてか、すかさず続けた。

「いいわ、あとは私が見るから。でも、ちょっと変じゃない。足、引きずってない？　左足を気にしているみたいよ」

妻は会話の途中で戸惑いをあらわにした。小ポメは子どもたちから離れると、打って変わって足を引きずり、リビングをとぼとぼ歩き始めた。私たち夫婦のそばへ来て、すがるような眼でこちらを見たかと思うと、これ見よがしに片足を後ろへ上げて、痙攣させるようにひくひくと動かしている。

このとき妻の頭に母の顔が浮かんでいたのは間違いない。実家でならまだしも、わが家へ連れてきて怪我でもされたらそれこそ一大事だと思ったのだろう。妻が留守中のアクシデントとはいえ、嫁の立場ではどんな言い訳もしにくいはずだ。

「こいつ、何を思ってか突然、狂ったように走り出したりするからな。さっき外の車の音で玄関まで駆け出したとき、大理石の床の目地に足をとられたみたいだ」

「困ったわね。お母さんに何て言うつもり？」

もはや妻は私がろくに世話をしなかったことよりも、足のことのほうを気にしていた。確かにエサやりはいまからでも遅くないだろうし、食欲がなくて食べなかったでも言い訳は立つ。私の前で変貌しているときを除けば、小ポメが饒舌に誰かに告げ口をするはずもない。

「どうって、そのとおり言うしかないだろ。それに、たいしたことないかもしれないから、少し様子を見てればいいさ」

他人事のように言って、早々に切り上げようとした。妻は困惑の中に呆れた表情を覗かせていたが、私はそそくさと、書斎という安住の地へ逃げ込もうと席を立った。愛する弥七田織部の三つ足香炉が待っている。優に半日以上、小ポメに振り回されたので、香炉の内側に描かれたメッセージに、しばし癒されたい気分だった。そう、〈のんびりと、のんびりと――〉

とはいえ、小ポメの足の具合が気にならなかったといえば嘘になる。はたして本当にどれほど痛めたのか。足が痛いのは確かだろう。変貌が解かれる寸前、あやつは私の前で一言、こう漏らしたのだから。足を痛めちまった、と。再び私に難題を突き付けようとしたその折に、なぜかその難題を紛らわすようにちらと吐いたせりふを、もちろん私は聞き漏らしていなかった。とはいえ、そんな一言をあやつから聞いたなどと誰かに言えるはずもない。それでもなお、私はすべてがあやつの一人芝居、言ってみれば狂言めいたポーズである可能性も否定はできなかった。そもそも小ポメは、自分が母に置いていかれたことを恨みに思っているはずだ。その恨みの矛先が母にではなく、わが家に――なかでもこの私に――向かないとも限らない。いや、その可能性のほうがはるかに大きい。理不尽極まりない話だが、私の知るあやつなら十分ありうる話だ。足を痛めたことも含めて、これほどつらい思いをしたのだから、これからはもう〈かくも長き不在〉はやめにしてほしい、と母に訴えたいに違いない。それでもなお、小ポメがこの日の恨みをストレートに母に向けるなどということは百パーセントないと断言できる。

書斎に籠ってからは思惑どおり、書棚に収めた弥七田織部の三つ足香炉をそっと手に取り、慎重に蓋をのけると、香炉本体の内側に記されたメッセージを眺めて癒しを乞うた。ミニコンポからはスティーヴン・ウィルソンの「レイヴンは歌わない」が流れていた。たまたまプレイヤーに入っていたCDをかけただけなのだが、考えてみれば少々出来すぎだった。弥七田織部に付き物のカラスの絵柄が、鈴木五郎先生の三つ足香炉にも三羽描かれている。ただし五郎先生のカラスは、いつも決まって首を後ろに向けていて、そのどこかとぼけた表情が、残飯をあさっては世に疎まれる現実社会のカラスとはだいぶ違って愛嬌がある。CDのほうのレイヴンは、タイトルからして「さあ歌って、大ガラスよ」と歌われていても歌いはしないはずだが、香炉の見返りガラスは嘴《くちばし》を広げて朗々と歌っているように見える。いずれにせよ、こんなカラスつながりの世界がわが書斎で広がろうとは夢にも思わなかったし、盲点を突かれた気分でもあった。

CDを最後まで聴き終え、ようやく書斎に静けさが戻ると、この安住の地に居ながらでも、家の中の様子は物音や声音からおおよその見当がつく。子どもたちはテレビのアニメに夢中になっているようで、構ってもらえない小ポメは、この世で二番目に好きな妻にすり寄って甘えているに違いない。私も子どもたちもある意味、小ポメに弄ばれている感さえあるというのに、妻はさすがにたいしたもので、いつもように大人の立ち位置でクールに接している。一定の距離を保ち、猫可愛がりすることもなく、冷静に相対する——そんな節度ある対応が、小ポメが妻をこの世で二番目に好きにさせる理由ではないかと思ったりもする。

書斎で耳をそばだてていると、妻がぼちぼち夕食の支度にかかろうと、すり寄る小ポメを適度にあしらいながら相手をしている様子がうかがえる。「ちーたんこ」でなく「リラたん」と、いくらかまともな名前で呼んでいるあたりも、人間と犬との関係からすれば理想的なありようと言えるかもしれない。小ポメ自身も常にすかされている物足りなさを感じて、逆にそれが妻への恋しさをますます駆り立てているのではないか。どうやら愛玩犬とは、常に底なしの愛情に飢えている生き物らしい。ただそんなときでさえ、小ポメが変わらず母の帰りを待っているのは疑う余地もない。夕食のときまでに、はたして母は戻ってくるのか。わが家で小ポメを交えての食事となれば、いままでにない初めてのケースだ。普段に輪をかけて賑やかな食卓になるのは想像に難くない。それにしても、足の具合はどうなのか。あまりにひどいようなら食事どころではなくなるし、妻も私のところへ知らせに来るだろう。母の手前もあってかなり神経を使っているようだから、逆に音なしなのは問題なしということではないか。飛んだり跳ねたりする様子を見せなくても、もう足を気にすることなく、健気に妻にまとわりついているのではないか。そうであってほしいし、実際、書斎を出て様子を見たい気もしたが、それでもまだしばらくは、この書斎でひとりの時間に浸っていたい気分だった。

いまもテレビアニメの音声が漏れ聞こえ、キッチンからは妻が食事の支度にかかる物音が伝わってくる。小ポメもいつからかすっかり静かになり、鳴き声ひとつしない。ややあって、何者かがわが書斎に近づいてくる気配を感じた。フローリングの床を踏む四つ足の爪の音。シャカシャカと軽い足音が少しずつ大きくなり、書斎のドアの前で止まったかと思うと、カリカリとドアを引っかく音がする。どこか遠慮がちだが、にもかかわらず、それが逆に「オレだよ、開けてくれ。ちょっと顔を見せろよ」と、扉の向こうで偉そうに言っているようだ。小ポメのやつ、とうとう誰にも相手にされなくなって、好きでもない僕のところへやってきたんだな。あるいはひょっとして、誰も見ていないのをいいことに、またにわかに変貌を遂げて言い忘れたことでも吐きに来たのか。私もそれ以上は無視できず、小ポメにぶつからないようにゆっくり書斎のドアを開け、半開きのドアから外を覗いてみた。すると、ああ！　そこにいるのは……。そう、ちょこんと座って、心持ち左に首をかしげ、丸いくりっとした可憐な瞳で私を見上げる、いつもの小ポメ以外の何者でもないではないか。

「リラ子、来たのか。あちょびに来たのか」

その愛らしさに、さすがの私も思わず幼児語を発し、その小さな天使を抱き上げていた。これが変貌している小ポメであろうはずがない。お前は本当に罪深いほど可愛いやつだな。あんなおかしな姿さえ見せなければ、僕もお前さんにもっと首ったけでいられたのにな。口の中でそんなことを呟いていた。それより大丈夫かよ、足の具合は？　気にかかることをすぐさま訊いた。痛めたはずの左後ろ足も含めてその全身が——綿のようなフワフワの体すべてが——私の腕の中にある。首から耳からぺろぺろと舐められながらも、人間より高い体温に柔らかなぬくもりを胸の内に感じる。改めて命の尊さに気づかされる。いままではっきり意識したこともなかったが、ここにも確かな癒しがある。母などこの癒しの中に埋もれて、ほとんど毎日を過ごしているのだろう。いや、母との相思相愛関係なら、逆に小ポメのほうも母から言い知れぬ癒しを施されているに違いない。それだけになおのこと、そんな玉のような稚児を、もし留守のあいだに傷つけてしまったとしたら、取り返しのつかないことになる。さあ、ちょっとでいいから歩いてごらん。祈るような気持ちで、小ポメをそっと床に置く。けれど、小ポメは私の手を離れたその場所から一歩も動こうとしない。歩きたくても歩かないのか、もしやうまく歩けないのか。不安がいや増す。このまましばらく様子を見ているしかない。

二分、三分と時がむなしく過ぎていく。時の経過を知らせるように、夕食のにおいが漂ってくる。

何度も嗅いだことのあるにおいなのに、何の料理か思い出せない。というか、小ポメのせいで、あやつのことにしか頭が向かない。小ポメは座って動かぬまま、これ以上ない柔らかな三角形の姿で訝しげに私を見つめている。私の不安を悟っているかのようだ。でもそれはお前さんのせいなんだよ、と私は語り掛ける。お前さんが心配させるからだ……。ペットの足のことでこうも一喜一憂する自分が馬鹿らしいが、それはある意味、当然でもある。愛らしかろうがそうでなかろうが、多少なりとも命にかかわることならば——それが身近な愛玩犬であればなおのこと——おろそかにしていいはずはない。ふと思いつく。小ポメが動くのを待っているだけの自分は何と愚かなのか、と。逆に私のほうから動けば、きっと小ポメも付いてくるに違いない。なぜそのことに気づかなかったのか。私がこの部屋を出れば、寂しがりやのあやつがひとりでここにとどまっているとも思えない。それでも動こうとしなければ、そのときは本当に足の故障のせいかもしれない。とにかく私は後ろ手に書斎のドアを閉め、リビングのほうへ歩いてみる。背後の小ポメから目を離さず、ゆっくりと——。それでも小ポメは腰を上げない。痛みで一歩も歩けず、じっとここにとどまっていることしかできないとでもいうのか。顔をしかめるわけでもなく、私が離れていくにつれ、見る見る悲しげな表情に染まっていく。あとはどうにもできず、急いでキッチンへ向かい、私に気づいても料理の手を止めずにいる妻に尋ねる。

「リラの足はどうなんだ。書斎のほうへ来たきり、まったく動かない。ずっと近くで様子を見ていたんだろ？」

不安ゆえのいらだちで、我知らず詰問調になっている。妻は家に戻ってからろくに休みもせず、きちんと自分の仕事をこなしているのに、突然、そんな言い方をされて心外なはずだ。

「こっちも預かってる責任があるからな」

妻が言葉を発する前に、言い訳のようにぼそっと言う。料理の具材が熱せられる音にかき消されて、妻にはよく聞こえなかったかもしれないが、それならそのほうが都合がいい。

「さっきみたいに飛んだり跳ねたりはしていないけど、それほどでもなさそうだったわ」

足のことを気にしていた最前の様子からすれば、どこか他人事のようだ。いまは食事の支度でそれどころではないのか。けれど正直、妻のそんな調子にほっとした。妻の見立てでは、たいしたことはないというのだろう。

「ほら、歩いてきたじゃない。後ろよ、気を付けて」

振り返ると、小ポメがとぼとぼ歩いてキッチンへ入ってきた。多少片足をかばっているふうにも見えるが、言われなければわからない程度だ。

「大丈夫そうかな。こっちもほとんど一日つぶされて、怪我でもされたらたまったもんじゃないからな」

たいした世話などしていないじゃない、と言われそうな気もしたが、幸い、棘のある言葉は返ってこなかった。

それにしても、母はいつ帰ってくるのか。たぶん妻もそのことを気にしているはずだが、口には出さず、再び料理づくりに戻って背を向けたまま、ひとこと言った。

「もう少しで夕食よ」

ついに小ポメを交えての、わが家で初めての夕食になりそうだ。別にそれを嫌がっているわけではないし、どんな展開になるのか興味が湧かないわけでもない。普通に考えれば、賑やかすぎる食卓になるはずだが、肝心の小ポメが、足の具合のせいかどうか、やはり普段よりも元気がなさそうに見えて仕方ない。日が暮れて母のことがより恋しくなっているだけならば、たいした問題でもないのだが……。

足元の小ポメに注意を払いながら、妻が食卓をセットし始めていた。けれど結果的には、すんでのところで小ポメとの夕食が実現する展開にはならなかった。ちょうどそのとき、家の電話が鳴った。父からだった。ちょうどキッチンへ戻る途中の妻が受話器を取った。母はまだ帰らないが、自分が戻ったので小ポメを戻してくれていい、と言う。妻は一瞬、私に実家へ小ポメを連れて行ってほしそうだったが、私の気乗りしない様子を見て取ると、なかなかの機敏さで「じゃあ、すぐ戻ってくるから」と言うなり、調理器具のスイッチを切って、小ポメを抱きかかえ、玄関から出ていった。妻には忙しいさなかに申し訳ないと思いつつ、こんなに世話の焼ける、しかも腫物のように扱わなければならない厄介者が、わが家から消えてくれたことに正直、安堵した。妻もあの調子では、父の電話は渡りに船で、一刻も早く小ポメを実家へ帰したかったに違いない。言葉どおり妻はほどなく戻ると、食事の支度を再開した。こうしてわが家での小ポメとの食卓は消え、小ポメはいまごろ、たいして好いてもいない父のもとで、相も変わらず――いや、ますますというべきか――母の帰りを首を長くして待っているはずだ。いまだ母不在でも、小ポメ自身はやはり実家にいるほうが心穏やかだろう。父にも申し訳程度には愛嬌を振りまいているのではないか。いや、そうこうしているうちに、母が戻っているかもしれない。戻ったとしても、帯を解いて落ち着くまでは帰宅の知らせをわが家へ寄越すのは難しいだろう。母も小ポメもいくら疲れていようと、何よりもまず愛を確かめ合う儀式に没頭しているはずだ。かくも長き不在を埋めるに十分な儀式とはどれほど長く深くあらねばならないものか。とにもかくにも、その場に居合わせなくて何よりだった。場合によっては、私が母の戻った実家へ小ポメを連れていく展開もないわけではなかったのだから。

　結果的に、私の予感は当たったような、外れたような、どっちつかずのものとなった。どうやら小ポメが実家へ戻されてほどなく、母は帰宅したらしい。もっとも母から連絡があったのは、わが家の夕食が終わってしばらくしてからだ。小ポメとの愛の儀式はもう済んでいたのか。母は電話でごく普通に、留守中の面倒をかけた礼を言った。母も遅くに戻って慌しかったのだろう、長電話にはならなかったが、切り際にぬけぬけと言った。

「いま、ちーたんこは甘たれおっくんなのよ」

通訳が必要か。通訳したところでたいして内容あるせりふではない。愛の儀式は終わるどころか、まださなかのようだったが、別に驚きもしない。珍しいことでもないし、受話器越しにも、母の胸の中にその甘たれおっくんのいる気配がひしひしと感じられた。

「こっちへ連れてきてたから、様子はどう？」とだけ私は気になって訊いた。

「大丈夫よ。ねえ、ちーたんこ」と、母の答えは話し相手が誰なのか意味不明になっていた。京都からとんぼ返りの疲れの中でも、小ポメから心地よい癒しを感じていたに違いない。私としては足の具合について謎をかけて様子を訊いたつもりだったが、母の返事からはそれらしい、つまり私の心配するようなニュアンスは感じられなかった。小ポメは母にすりついたまま、まだまともに家の中を歩きさえしていないのかもしれないし、小ポメ自身、足の痛みも忘れるほどの喜びに浸っていたのかもしれない。ならば、私からわざわざ足の話を持ち出すこともないだろう。今夜は思う存分、母と再会の喜びに浸って健やかな眠りについてくれたら、それに越したことはない。そしてあす目覚めたときには、もう足の具合どころか、わが家へ連れてこられたことさえ忘れていてほしかった。

しかし実際のところ、事はそううまくは運ばなかったのだけれど……。

7

［2021］

我ながら遅筆にもほどがある。二〇〇三年のわずか一日のことを記すのに、半年以上も費やしてしまい、時はとうに二〇二一年下期に入っていた。ここ最近、体調がすぐれないのは、ＣＯＶＩＤ19のせいで日常生活が大きく変わってしまったことと無関係ではあり得ない。とはいえ、日々の不平不満をＣＯＶＩＤ19のせいにばかりするのは自分の弱さを露呈しているようで、癪でもあり情けなくもある。そもそも体調不良は自律神経の乱れによるところが大きく、何かと不自由を強いられる現状が不調に拍車をかけている。〈コビ、コビ〉と連呼していた自国第一主義の大統領も、論点ずらしや忖度させ上手な日出ずる国の首相も、とうにそれぞれの席から退場したものの、その後任に誰が座ろうと、コビの猛威の前では無力に等しく、そこに政治的な指導力など求めるほうが浅はかだったと、いまでは諦観まじりの後悔に駆られる。退場した為政者の大半は尻尾を巻いて逃げていったも同然だが、いつ終わるとも知れぬコビとの消耗戦の中では、否応なしにこちらの神経も蝕まれていく。人類の受難というべきこの時期に、たまたま小ポメとの一件をしたためている私には、なぜかあやつだけがコビによるパンデミックを前に、尻尾を巻いて逃げ出すどころか、見事に天寿を全うしてこの世から去っていったように思えてならないのだ。

そんな近況をつらつら考えていると、モンテーニュの『随想録』にある言葉が、ふと脳裏をかすめた。

〈君たちがここへ入ってきたように、この世から出ていけ〉

小ポメはまさにその言葉のように、〈死もしくは無〉から〈生〉へ渡ってきたのと同じ道を、〈生〉から〈死もしくは無〉へと渡り帰ったのではないか。私は小ポメの生涯についてまだほんの一部しか記してはいないが、その生涯を曲がりなりにも最後まで――もちろん一部始終とはいかないまでも――見てきたつもりだ。この先、小ポメについて知るかぎりのすべてを語りつくしたとて、はたして私の話を理解してくれる人が存在するかどうかは、はなはだ疑問だ。過大な期待は抱くまいと肝に銘じながら、この先どれだけ時間がかかろうと、やると決めたことをやるまでだ。いつかどこかでわかってくれる誰かが現れるのを望まないわけではないが、それは所詮、淡い期待に過ぎなかった。私が小ポメの生涯についてそんなふうに――モンテーニュの言葉をさらに借りれば〈宇宙の秩序の一部〉もしくは〈世界の生命の一断片〉のように――思えるのは、ある意味、最も近しい母以上に小ポメの本性、というか知られざる一面を知るからに違いない。おそらくコロナ第五波の頂き付近にあると思われる二〇二一年八月のいま現在、私はこうして書斎で、いつもユーモラスな姿で癒しへと誘ってくれる弥七田織部の三つ足香炉を眺めながら――肝心の筆はまだ、小ポメを預かった二〇〇三年秋のあの日までしか進んでいないというのに――先急いで勝手に、モンテーニュの言葉にあるそんな結論めいたことまで導き出していた。

考えようでは、いまが――このコロナ禍のただなかが――千載一遇のチャンスなのかもしれない。結論めいたことといっても、それは第三者からすれば取るに足りない些細なもので、真理などという次元からは程遠い。ニュートンは学生時代、ペストの影響で大学が閉鎖されると、故郷へ戻り、逆に自由に思考する時間を得たと言われる。故郷に落ち着く約一年半のあいだ、じっくり思索を重ねたことで、微分積分や分光の実験、さらにはかの万有引力の着想にまで至り、途轍もない成果を上げげた。私も負けじとこの自粛生活の中で何かの成果を――といきたいところだが、やはり私は私でしかなく、歴史上の偉人などとは比べようもない。ただ多少の時間的余裕の中で、かつて実家で飼われていた一匹の愛玩犬について、ときにおぼつかない記憶をたどりながら牛歩のごとく知り得たことをちょこちょことしたためているだけなのだ。何かの真理に達する可能性など万に一つもないにせよ、記録にとどめる行為そのものは決してネガティブではなく、少なからず建設的で生産的なものであるに違いない。社会が多くの局面で停滞もしくは後退を強いられているこのご時世にあっては、それが自分なりの前向きな作業であることを、私自身、いまとなっては信じて疑わない。パソコンのキーを叩きながら――叩いては削り、削っては叩く、その粘り強い繰り返しではあるけれど――少しずつ文字を書き連ねていく〝前進〟の手応えだけは、すでに自らのうちにあるのだった。

8

［2003-2005］

ぼちぼち二〇〇三年のあの日に時間を戻そう。いや、あの日は実質、夕暮れて小ポメを実家に戻した時点で終わったも同然だった。ほとんど丸一日、体も動かさず小ポメのそばにいただけなのに、夕食と入浴を終えた時点で普段と違う疲れを感じていた。いわゆる気疲れの、さらにねじれたものだった。にもかかわらず、小ポメの足の具合はもちろん、久々に変貌を遂げたあやつが私の前で口にした数々——新たな問題や課題めいたものも含めて——については、一息つくとほとんど頭から消えていた。忘れてしまったというより、いずれ整理整頓し直して何をどうすべきかを考えるつもりだった。もちろん、それはきょうでなく後日。そんなわけで、何とも釈然としない一日であっても、幸い、普段と変わらず寝つくことができた。

ところが翌日になって少々厄介なことになった。昼前、母に電話で呼ばれて実家に行くと、母は大事そうに小ポメを抱いたまま、「きのうは悪かったわね」と礼を言ったものの、一目で穏やかならざる様子だとわかった。目元が吊り上がり、口元がねじれて、不本意と困惑とが入り混じった表情をしていた。

「ちーちゃんがびっこ引いてるんだけど、きのう何かあった？」

きのうを強調するあたり、明らかに私——あるいはわが家の家族——を非難しているふうだった。こうなったからにはもう隠しても仕方ないと、前日のアクシデントを打ち明けた。あやつが外の物音に突然走り出して、大理石の床の目地に足を取られてしまったことを。

「しばらく足を気にしているふうだったけど、それほどひどそうでもなかったから」

軽い口調は意図的なものではなく、保身のつもりもことさらなかった。そもそも、こちらにどれほどの落ち度があるというのか。足の具合がどうであろうと不可抗力としか言いようがない。しかも、一日預かっていたのは母側の都合という大前提がある。さすがに母もそれ以上はきつく言わず、私を責めるのは筋違いだと理屈ではわかっていたのだろう。

「歩けないほどじゃなさそうだから、様子を見て、おかしいようなら、あした獣医さんに診てもらうわ」

母は気を取り直したように、「時間があるなら、上がってお茶でも飲んでいったら？」と、今度はどこか私の機嫌を取るように低姿勢になって言った。

朝から自宅で取りかかっていた会議の資料づくりを途中で投げ出してきたものの、きょうはまだ休憩も取っていなかったし、母とのあいだに少々気まずい雰囲気も漂っていたので、それを解消したい思いもあって、母の言葉に従った。

キッチンでさらりと点ててきたのだろう、大樋焼の茶碗に抹茶、それに虎屋の羊羹が出された。相変わらずこのへんのチョイスが母には最大級のもてなしらしい。私は作法も何もなく、田舎侍のように抹茶をすすり、羊羹をかじった。行儀が悪くて困ったものだという呆れ顔をしていたが、口には出さず、むしろ母親らしい表情で笑みを浮かべていた。いつもと変わらぬ他愛もない話をしているうちに、十分も経たず私は心底呆れていた。母に対してではなく、母の腕を離れて周囲をうろつく小ポメに対してだ。まったくどういうつもりなのか、これみよがしに私たちのそばで足を引きずって見せているではないか。まるで母と私に足の具合の悪さを見てくれと言わんばかりに。何とも冴えない様子で耳を垂れ、背中から尾の先まで丸めながら、左後ろ足はまるで使えず、三本足でしか動けないというように、足を引きずってはこちらを見やり、しきりに私たちの反応をうかがっている。しかも、私を見るときと母を見るときの表情が微妙に違う。こんなにひどいことをされたのだと必死で母に訴えているように思えてならない。内心、ふざけるのもいい加減にしろと言いたかったが、どやしつけるのも大人げないので、じっと黙って、なるだけ知らんぷりをしていた。

　母は私ほどの深読みはしていなさそうだが、やはり小ポメの様子は気になるらしく、「あんよ、やっぱり悪いのね」と、幼児言葉を交えながら私へともあやつへともつかず不安げに言うと、次にははっきりと小ポメに向けて言葉を投げた。

「ちょんなちょんな、痛いのか。困った、ちーたんこだこと。わかったから、もう歩かないでじっとちてなちゃい」

　矛先がまた私に向くのではないかと気が気でなかったが、しまいに見るに見かねて立ち上がり、小ポメをこわれもののように抱きかかえると、再びテーブルに戻って、膝に乗せたまま、あやつの頭から背中までいたわるようにさすり続けた。それからまた私のほうへ向き直って、こう言った。

「きっと大丈夫よ。家のみんなにも、心配するといけないから言わないでいいからね。無理を言って預かってもらったのはこっちなんだから」

　やはり頭では道理を解しているようだ。私も家に戻って訊かれなければ、あえて小ポメの足の件には触れないつもりでいた。けれど、妻は私が母に呼ばれていったのを知っていたから、やはりこの話は避けて通れない気がした。

「たいしたことなきゃいいけどな。一生、足を引きずっていられたら、こっちもたまらない」

「変なこと言わないでよ。ねえ、ちーたんこ。治らないなんて、ちょんなことあるわけないものね」

母の言葉がまたも私と小ポメ双方の上をさまよった。

確かにそんなことになったら、たった一日の、たったひとつの出来事が、いつまでも尾を引くことになりかねない。うっかりよけいなことを言ってしまったと後悔した。何といっても、小ポメはまだ生後一年半ほどの子犬で、この先どれほど生きるか知れないのだ。とにかく早く元に戻って駆けずり回ってもらわないことには、こちらとしても困る。心のどこかで母にずっと恨まれかねないとさえ思った。何といっても相手は母にとって最愛の天使なのだから。たとえ息子の私でさえ、とうてい太刀打ちできるものではない。

やがて小ポメのほうからもぞもぞしだし、母の腕の内からすり抜けようとしていたが、母は足を引きずるあやつをなるだけ歩かせまいとした。けれど、わずか一キロほどの体重でも、動きのある生き物相手では、長く抱えていれば腕や肩は疲れる。だいたい小ポメ自身が窮屈を感じてか、母の腕を解かれたがっていた。母は仕方なく小ポメをそっと床に下ろすと、初めの十歩ほどはそれほど足を気にしていないように見えたが、すぐに痛みが——あるいは痛みの記憶が——よみがえってきたのか、また足を引きずり始めた。とはいえ、目的は何のことはない、小便だった。勝手口近くの犬用トイレまでたどり着くと、いつもと変わらずシートの上にしゃがみ込む姿が、私の場所からもちらりと見えた。ほんの数秒。あとには小さな世界地図が残っているはずだった。いままで何度も目にしているから、容易に想像はつく。

「ちっち、出たのね。何ておりこさんなんでしょう！」

洋装の母は俊敏に立ち上がり、小ポメを褒めながら近づくと、途中でティッシュを数枚引き抜き、慣れた手つきで小ポメの濡れた性器をちょんちょんと拭いてやった。トイレのシート換えは後回しだった。そんな下《しも》の始末までしてもらうとは、まったくいいご身分だ。私がいるせいなのか、不思議とそのときだけは小ポメも恥ずかしげな表情をしたように見えたが、それも飼い主たる母の潔癖症のよってきたるところだろう。私はそれまで何度か目にしていた後始末の一部始終を、今回も少し離れたところで眺めていたが、小便するのに介添えを要する事態とならなかったことに、ほっとした。気がつけば、私も小ポメの足のことではすっかり神経質になっていた。やはり留守を預かった責任を感じないわけにはいかず、それでいてセンチメンタルな気持ちなどには少しもならず、これ見よがしに足を引きずる小ポメの態度に対しては、なかば呆れきったまま、実家を後にした。

百メートルと離れていない自宅に戻るなり、妻がさっそく心配そうに尋ねてきた。小ポメの足はどうだったか、と。私はその質問に、少々不機嫌になる自分を感じていた。訊かれたくないことを訊かれたからか、それとも実家でおかしな気疲れを感じてきたからか。抹茶と虎屋の羊羹で母との雰囲気はだいぶ和んだ気がしたが、考えてみれば、小ポメの足については根本的に何も解決されていなかった。

「あんまりよくないのか、足を引きずっていたよ。きのうよりひどかったかな。様子を見て、医者に診せると言っていた」

それだけ言って、書斎へ向かおうとした。妻は困惑ぎみの顔で、背後からひとこと言った。

「お母さんに甘えて、よけいにそうしてるんじゃない？」

振り返りも立ち止まりもしなかったが、言われてみれば、確かにそうかもしれない。いや、そうに違いない。となれば、ますますしたたかな奴だと思わざるを得ない。あの愛らしい姿が視界から消えれば、マイナスの感情が膨らむのは仕方ないが、それでもなお、それは私の知る、変貌した小ポメの一断面とは思えなかった。これからはもう自分を置いて行ってくれるなと一心に訴える、愛玩犬の健気な振る舞いの域を出るものとは思えない。平時の愛玩犬状態であっても、あやつには侮れない部分があると、今回の一件で身に染みてわかった。賢くもあるし、ここまでやるかとも思った。要するに、それは私に無理難題を突き付ける、知られざるあやつではないということだ。

小ポメの足の一件を聞きつけたわが家の一姫二太郎は、子ども心に心配して実家へ駆けていったが、ものの十分もせずに戻ってきた。小ポメがまた興奮して後先構わず跳ね回るのを、母が危惧して、体よく追い返されたのだろう。追い返されたというのが言い過ぎなら、いくつもの菓子を持たされて、丁重にお引き取り願ったというところだろう。孫も可愛いには違いないが、それでもいまの母にとって何よりの心配事は小ポメの足の具合に違いなかった。

「そんなことだと思ったよ」と、私は妻に言った。「まったく目に見えるようだな」

「ええ、まあね」と、妻は複雑そうな表情で曖昧に頷き、苦笑した。

あすは週明けだから、しばらくは実家にも小ポメにも接触せずに済むだろう。そうはいっても小ポメに何かあれば、情報は妻経由で耳に入ってくるはずだ。あす獣医に診せるとなれば、その結果も当然知らされるだろう。小ポメの足の話は家族にしなくていいと、気を使って言っていた母ではあるが、そもそも何かあれば――いや、たいして何もなくても――黙っていられるたちではない。もちろん診察の結果が芳しくなくても、母がこれ以上あからさまに私たちを責めるとは思えなかったけれども。

翌日、仕事から戻ると、案の定、診断の結果報告が待ち受けていた。これまた思ったとおり妻経由で――。ほっとしたことに、レントゲンでも足に異常は見つからなかったそうだ。そうと知れば、なおさら小ポメが小憎らしくなる。つまり、単純な憎らしさでないところが小憎らしいのだ。愛憎というくらいだから〝愛〟と〝憎〟とは隣り合わせで、この場合がちょうどそのケースに当たりそうだ。ところが現実には、事はそう簡単ではなかった。医者の見立てにもかかわらず、小ポメはその後もしばしば足を気にする仕草を見せるようになった。主に左後ろ足を背後に伸ばし、ひくひくと痙攣するような仕草を――。どうやらあの日、足をひねりでもしたときにそれなりの痛みか、少なくとも違和感を覚えたのは確かだろう。医学的に異常がなくても――たとえそれが経験による痛みの記憶でしかなかったとしても――、そうしたものがトラウマとなって、何かの拍子でよみがえるたび、自然と足を引きずるようになっても不思議はないと、私はなぜか漠然と感じていた。そして、その〝何かの拍子〟の最たるものが私の存在に他ならず、私の姿が目に入るなり、条件反射的に足を引きずりだすことを、私は二〇〇三年という年が改まらぬうちから何度も目の当たりにするようになった。

母いわく、「ときどき、こうして足を引きずるのよね。すぐに治ったり、何日も気にしている様子だったり、いろいろなんだけど……」

「大体が僕の顔を見ると、そうなるんだろ？」と、私が毎度同じような捨てぜりふを吐くたび、母は苦笑いしたが、否定もしなかった。必ずではないにせよ、私という存在がその嫌がらせめいた小ポメの仕草の確率をぐっと高めていたのは間違いない。事実、私が実家に行ったとき、あやつが途端に足を気にし始めるさまをどれほど目にしたことだろう。

しばらくすると、母も私たちにいちいち報告しなくなったが、その後も足の調子が悪くなると、そのつど獣医に診せていたようだ。けれど、結果は決まって異常なし。私もよくよくのことがないかぎり、目の前でこれ見よがしに足を引きずられても、あえてその件を話題にはしなかった。まあ、小ポメ自身に訊けるものなら、こう訊いてみたかったが。

「お前さん、それ、あてつけじゃないよな。あの日のことを思い出すと、途端にそうなるんだろ？」

それがトラウマというものだと説明してやりたかった。馬鹿馬鹿しいと思いながらも、実際、母のいない隙に小ポメにそんな言葉を投げかけてもみた。けれど、当然ながら反応はなし。いつものくりっとした瞳を潤ませて、私を見つめ、ときには、はてなマークが目の前に浮かんでいるように、あどけなく首をほんの少し傾げるばかりだ。もっとも、私を見つめたかと思えば、次の瞬間にはもう心ここにあらずで、耳をダンボにしてあさってのほうへ気をやっているのが常だったが。

またひとつ年が明けるのは瞬く間で、二〇〇四年には小ポメもすっかり成犬になっていた。体重も三・五キロ――母に言わせれば「ちゃんきろはん」――に達し、あどけなさは少しばかり薄らいだものの、周囲に惜しみなく愛嬌を振りまき、かと思えば、何かにつけ情けない風情になって母性本能をくすぐってみせることに変わりはなく、母の溺愛ぶりも底なしに拍車がかかる一方だった。その親密すぎる関係は一生涯――もちろん常識的には小ポメのほうの一生だが――続くとしか思えず、いまから昇天したときの母のペットロスなぞ想像すると、それだけで不安になる。

子犬の性成熟は成犬になるよりも早く生後八～十カ月ほどだそうで、まさにそのとおり、母との秘密であるはずの〝おつけんぼ〟も性懲りもなく日常的に繰り返されていた。人前ではさすがに憚られて母もすかさず抱き上げるが、時と場所を選ばず母の足に絡みつこうとすることしばしばで、こちらも目を背けるどころか、「またやってるわい」と呆れるのがせいぜいだった。はたから見れば至極滑稽な姿も、小ポメ自身には羞恥心のかけらすらない。――と、まあ、そんなふうに何かにつけ小ポメにいちゃもんをつけたくなるのは、自分が別の意味であやつと特異なかかわりをもつ身だからに違いないが、調べてみれば、マウンティング自体は自然の行為で、イコール自慰とばかりも言い切れないらしい。いずれにせよ、母を相手にマウンティングをしようがしまいが、小ポメは一生涯、処女で終わる公算が大きく、つまりは母にとって未来永劫〝天使〟のままということになりそうだった。

それというのも、近しい人やペットショップの店員から「ポメの赤ちゃん、可愛いですよ。それはもう毛糸の玉のようで……」などと交配を薦められることも何度かあったが――私もその場に居合わせたことがあるが――、母にはまったくその気はなさそうで、一も二もなくこう返していた。
「赤ちゃんはこの子だけで十分なのよ。いつまでもママの赤ちゃんなんだから。ねえ、ちーたんこ」

冷静になれば、そんな一生が小ポメにとって幸せかどうか、はなはだ疑問ではある。種の維持のための生殖は崇高なもので、小ポメに限ってそうでないとは、誰にも――もちろん母にも――言えないはずだ。一見、母のエゴにも映るが、そんなペットは世にいくらでもいるだろうし、それより何より飼い主の意向はいつも絶対的なものと言わざるを得ない。この点を小ポメ自身がどう考えるかは定かでないが、いずれまたあやつが変貌したときにでも訊いてみたい。まさか取るに足りない問題で片づけはしまいが、個の次元で論ずべき話ではないなどと偉そうに言いそうな気はする。変貌時のあやつがそんなふうに変に理屈っぽくなることを、私はすでに二度の経験から見越していた。

そう、小ポメ変貌との遭遇はまだわずかに二度に過ぎないが、さて三度目はといえば、二〇〇四年の春にも夏にも秋にもいっこうにやってこなかった。そもそも私自身、留守を任された二度目のあの日から、あやつの変貌というものをどうとらえていたのだろう。自分の立ち位置や姿勢がいまひとつ不鮮明なうえに、三度目の訪れをどれほど気にかけていたのかさえ疑わしい。少なくとも二度目の変貌を一度目ほど真剣に受け止めていなかったのは間違いない。慣れとは恐ろしいもので——わずか二度にもかかわらず——一度目とは驚きの度合いがまるで違っていた。二度目のときにも複数のテーゼを一方的に課されていたはずだが、頭の中でその整理すらせず、ほったらかしたまま時が過ぎていた。会社の配置換えなどで仕事が忙しくなったせいもあるし、それに絡んで、さして意味のない物事に心を砕く場面が増えていた。さして意味のないそうした事どもよりはさすがに意味のありそうな小ポメとのかかわりのほうに心を砕かなかった自分は、事と次第であとになってひどいしっぺ返しを食うのではないかと、そんな不安まで漠然と感じていた。一度目のときに突きつけられた課題には、なぜか無視できない使命のようなものを感じて、多少なりとも頭を働かせ、足を使って行動もした。けれど二度目の直後には、小ポメの足の不調の一件もあって正直、あやつとのかかわりもほどほどにしておきたい気持ちが強まっていた。たかが子犬に——いや、そんな言い方はすべきでないが——、その子犬とたとえ同等の立場であったとしても、このまま特異な形でかかわり続けていたら、いつの間にか〝犬のしもべ〟になり果ててしまうのではないかと、愚にもつかない行く末までが頭をよぎった。そもそも現実にはありもしない被害妄想的な思いが意識下に潜んでいて、どこかでその部分から目を背けようとしていたのかもしれない。小ポメにいくら選ばれた存在などと持ち上げられても、それは所詮、あやつの一方的な言い分に過ぎず、しかも自分は、あやつをあれほど溺愛している母の息子でもあるのだ。だからことさら愛嬌を振りまいてくれ、などと言うつもりはないが、普段は周囲に惜しみなく愛嬌を振りまいているくせに、よりによって私に対してだけ強面《こわもて》になって無理難題を押し付けるのはいい加減にしてほしいというのが本音だった。

ところが、長らく放っておいたツケが回ってきたのか、年が改まって二〇〇五年になると、積み残しの課題がにわかに私の中で声を上げ始めた。思いも寄らなかったが、奥底で眠っていたやり残しの消化不良感が、新春のまだ冷たい風に吹かれて頭をもたげてきたとでもいうのか。あるいはもっと単純に、季節がいくつか巡って、一年余り前の出来事が改めて思い起こされてきたということなのか。二度目の変貌以降は、小ポメが私の前で嫌がらせのように足を引きずってみせることがあるくらいで、とくだんあやつとのあいだで特筆すべきことなど何もなかったというのに……。

そうはいっても、積み残したままの課題が具体的に浮かび上がってきたわけではない。課題に向き合おうとすれば、一年余り前のあの日にさかのぼって、あやつとの会話を思い起こすことから始めなければならない。しかし、あやつとの会話を一部始終思い起こすことなど、いまとなっては至難の業だ。とりあえずは大筋だけでもいい、思い起こすにはどうすればいいのだろう。家族が寝静まった夜更けにいくら考えてみても、途方に暮れるばかりだった。こんなときよりどころになるのは、やはりあの弥七田の三つ足香炉をおいてほかにはない。三つ足香炉を手に取って、その形状や感触をいとおしみ、目の位置まで持ち上げてはためつすがめつ眺めて、こう問いかける。

「おととしのあの日も、こうして癒してもらったよな。小ポメに一日じゅう振り回されて、だいぶ疲れていたから、言いようもなくほっとしたのを覚えている。何といっても、あの日の一部始終は、このわが家で、しかもここ書斎の隣の部屋で、すべて起こったことなんだ。ドアを隔てていても、ひょっとして棚に飾られた君にも聞こえていたんじゃないか？　僕とあの犬とのあいだでどんなやりとりがあったかを。あやつが変貌して居丈高にあれやこれや喋ったことを少しでも覚えているなら、そっと教えてくれないか？」

もちろん私の切実な問いにも、三つ足香炉は何ひとつ答えてはくれない。ただいつものように、癒しのオーラを繰り返しゆっくりと、心に染み入るように送ってくれた。

「のんびりと、のんびりと――」

私もまた香炉の蓋を開け、ダウンライトの下で炉本体の内側を覗き込み、そこに書きつけられたそのメッセージをいつものように何度も繰り返し確かめた。

新春のその夜を境に、大なり小なり何かに癒されても、一年余り前からやり残したままの課題に疼くばかりの落ち着かない日々が続いていった。まるで尻が焼けるような、もぞもぞとした感覚。下手すると、はたから見た人も、私の不安定な精神状態に気づいたかもしれない。いまになってそんなことで悩むのは実に愚かだと思いつつ、それでも日常のあわただしさに紛れているときを除けば、自宅にいようと外にいようと、悶々とした思いに付きまとわれることが多かった。こうなると、小ポメともなるべく顔を合わせたくない。会えば私にも愛嬌を振りまくが、愛らしさを感じれば感じるほど、心の中の引っ掛かりが内側からチクチクと刺激してくる。小ポメの居場所から距離を置けば、あやつの存在まで疎ましく感じられる。私しか知らない、小ポメの変貌した姿が途端に肥大化してくるのだ。小ポメと二人きりになろうものなら——実際にはそんな機会はほとんどなかったが——、こちらから頭を下げて、一年余り前の課題について教えてくれと願い出てしまいそうだ。そうはいっても、現実にはそんな情けない真似は意地でもしたくない。プライドとかそんなものではなく、ただあのときの記憶がすっかり曖昧になっているのが、何とも癪でならないのだ。言うまでもなく、人生には癒しだけでは解決しない問題が間々ある。何かにつけ癒しを与えてくれる三つ足香炉には——作者である五郎先生の存在も含めて——申し訳ない気持ちで一杯なのだが……。

二月が三月になり春本番となっても、おととしのあの日のことはいまだおぼろげにしか思い起こせなかった。しかし結果的に、私はこの季節に何かが起こるのを知ることになった。一年余り前の出来事が一年半前の出来事になったちょうどそのころ、私に啓示めいたものが舞い降りてきた。実際、そうとしか言いようがないのだ。何を思ったか、私は何年かぶりに、十八世紀末の作家、レチフ・ド・ラ・ブルトンヌの『パリの夜』を読み返していた。フランス革命当時の市民が犬や猫を捕まえて毛皮にしたり、身売りの女を解剖したりと、人間の残虐さを描いた記述にだんだん辟易《へきえき》してきて、かつて読んだときにはさほど醜悪な印象を受けた覚えもなく、そもそもその内容すら——挿絵にある、帽子の上にふくろうを乗せマント姿で夜の街を歩くレチフの異様な姿を除けば——ほとんど忘れていたくらいだが、きょうのところはこのへんでやめておこうと本を閉じた瞬間に、ふっと浮かんできた言葉があった。

〈人間の身勝手さについて〉

　再びひも解いてみても『パリの夜』にそんな章は見当たらなかったが、あるいは〈観察するフクロウ〉ことレチフがしたためたこの書のどこかに、そんな記述が紛れていた可能性もある。けれどそれより何より、私は脳裏に浮かんだその言葉にぴたりと符節の合う思いがした。すぐにはそれがどういうことなのかわからなかったが、眠る間際になってはたと気づいた。そう、それはあの小ポメが二度目の変貌を遂げたとき、思わせぶりに私に暗示した課題ではなかったか。表現は違えど、端的に言えば、こういうことだ。

——人間の身勝手さについて知れ！——

とはいえ、小ポメがその年のうちに私の前で三度目の変貌を遂げる機会があったわけではなく、その代わりと言っていいのか、私はその符合から二日後に、ネットの海を泳いでいて一枚の絵画に出くわした。正確に言えば、ポメラニアンの語で検索しているうちに、たまたま行き当たった絵画に目を奪われたのだ。着飾った上流階級の若い男女が朝の散歩をする情景を描いた絵画。夫婦と思しき男女のいでたちからして、ここ百年や二百年のうちでないのはすぐにわかった。私はパソコンの画面に現れた、額装されたその絵画にしばし目を凝らした。そこには、奥方の大きく膨らんだペティコートの左下に一匹の犬が描かれ、奥方を恋しげに見上げている。その視線に込められた親愛の情を除けば、姿かたちこそ似ても似つかないものの、私はなぜか自然と、実家の母と小ポメとの関係をそこに重ね合わせていた。けれど次の瞬間には、両者の外見のあまりの違いから、いささか無謀なその連想は消え失せ、私は再び絵画の中の、夫婦や犬だけでなく細部のあちこちに見入っていた。手を組んで並び歩くふたりの右手に木々が迫っているせいか、背景はどちらかといえば暗く、奥方の左奥に開けている風景も全体のうちのほんのわずかだ。絵画の中から額縁へと、つまり細部から全体へと、ようやくズームアウトしていくことができたのは、おそらく一分以上経ってからだ。

額の下部には、真鍮製のプレートにこう記されていた。

Mr and Mrs William Hallet (The Morning Walk)　Gainsborough Thomas　1785

訳せば、「ウィリアム・ハレット夫妻（朝の散歩）　トマス・ゲインズバラ作　1785年」。絵画の画像の下の説明に、そう書かれていた。つまりは、ゲインズバラという十八世紀の画家がハレット夫妻の散歩の様子を描いた作品で、ネットでもその絵画は複数ヒットし、その所在もすぐに明らかになった。もちろん現存し、所蔵はロンドン・ナショナル・ギャラリー。ただしその絵画を、自分がこれまでにどこかで目にした記憶はなかった。一度でも目にしたものをすべて覚えているとしたら驚異的だが、残念ながら私はボルヘスの書いた『記憶の人、フネス』ではない。

私がそのハレット夫妻の絵画を見たのと、レチフの『パリの夜』をパラパラと読み返したのとは、時間にして二日の隔たりしかない。ハレット夫妻の絵画を目にしたとき、『パリの夜』から想起された〈人間の身勝手さについて〉が、いまだ脳裏に色濃く残っていたのは間違いない。何といっても、すっかり忘れていたテーゼを一年ぶりに思い起こしたのだから。とはいえ、その両者にいったいどんなつながりがあるのか、そのときはまだ見当もつかなかった。

記憶が鮮明なうちにいま一度確認しておけば、散歩中の夫妻の睦まじい姿はもちろんのこと、夫人のドレスのフリル、犬の毛、波状の木の枝など、幾重もの層における動きを一枚のカンヴァスの中に同調させ、実際にはごく短かったと言われる夫婦の幸福な時間を濃密に描き込んでいる。夫人は白い豪奢な結婚衣装、夫も黒いベルベットのフロックスーツに白いストッキングと、ふたりのいでたちはまばゆいほどに贅沢だ。それもそのはず、ハレット夫妻はこのとき新婚まもなく、画家はその最も幸福な一瞬をカンヴァスの中に表現した。絵画のサイズは二三六・二×一七九・一。つまり、ほぼ等身大の結婚肖像画で、ゲインズバラ五十八歳のときの作。しかも、後に多くの画家が追随して模倣した彼の代表作だという。――とはいうものの、この絵画の焦点は、いまの私にとっては、絵画の左下にかなりの大きさで描かれている一匹の犬以外になかった。そうでなくてもこの絵画について調べれば、思いのほかたやすくひとつの事実にたどり着く。そう、カンヴァスの中のかなり大きな犬は、いまなら中型犬に相当し、体重もおそらく二十キロ近くあり――それゆえ、カンヴァスの十何分の一かを占めるほどだが――、その犬種は何を隠そう、ポメラニアンなのだ！いまから二百年余り前に存在したポメラニアンは、わが実家の小ポメとは似ても似つかぬ、こんな相貌の犬だった……。この絵画について、ネット上では美術品としてだけでなく、ポメラニアンという犬種に関する項目でも引用されていた。そのサイトには「まだ中型犬種だった当時のポメラニアンが描かれている」とのキャプションが付されている。二百年余りのあいだにポメラニアンは、実家の小ポメのような相貌に変容してしまった。いや、変容させられてしまったのだ。その相貌にはさすがの私も衝撃を受けた。無知とは恐ろしい罪だとさえ思った。さらに、後を追って腹立たしさが込み上げてきた。何に対する腹立たしさ……？　もちろん改良によってこんな相貌にした、人間に対する腹立たしさだ。〝神をも恐れぬ行為〟という言葉がおのずと頭に浮かんだ。いまのポメラニアンのほうが数段可愛いなどと――実際にそうだとしても――どうしたらそんな単純な形容ができるだろう。ところが自分でも不思議なことに、それからほどなくすると、ここは腹立ちを抑えてポメラニアンという犬種の来歴について知るべきだと思い至った。知ったところで、自分は義憤に駆られて何か行動を起こすようなタイプの人間ではないが、とにかくこのときは、自分がポメラニアンについてあまりに無知だったことを恥じる気持ちで一杯だった。そして、この二十一世紀のネット社会にあっては、ポメラニアンに関する以下のような概説は、書物で調べるまでもなくたやすくわかることだった。

〈ポメラニアンの祖先犬は、スピッツ系に属する他の犬種と同様、サモエドとされる。サモエドとは、ロシアのシベリアを原産とするトナカイの番やカモシカ狩り、橇《そり》引きをする犬である〉

吹けば飛ぶような実家の小ポメからは想像もつかないが、ルーツをただせば、そうした局地原産の大きな使役犬だったようだ。また別のサイトには、同じくルーツについてこうもある。

〈ポメラニアンの祖先はジャーマン・スピッツと考えられ、中世ドイツ語で「尖った（鼻先）」を意味するスピッツもしくはウルフ・スピッツと呼ばれていた〉

両方の説明ともほぼ同じことを言っているのだろうが、若干の違いがあったとしても、どのみちそのあたりのことは、いまの私にはさしたる問題ではない。

次に、ポメラニアンという名前の由来については、おおむね次のようになる。

〈原産地のバルト海南海岸の、三つの川に囲まれた低地、ポメラニア地方にちなむ。現在のポメラニア地方は大部分がポーランド、一部がドイツに属し、この地方では古くからスピッツ系の犬種がさまざま飼育されていた。しかし、イギリスに導入される以前のポメラニアンに関する正確な記録は残っていない〉

つまり、本格的な品種改良が始まるのはイギリスに導入されて以降で、それ以前の経緯ははっきりしないらしい。逆にイギリス導入後は、ある程度の記録が残っているようで、簡潔に言えば、もとはジャーマン・スピッツという中型犬だったポメラニアンは、その後、品種改良を重ねて小型化され、流行犬種となっていった。そして、そのポメラニアンの改良に大きくかかわった人物として二人の名前が登場する。ジョージ三世の王妃シャーロットと、シャーロットの孫にあたるイギリス女王ビクトリア。〈この二人のイギリス王族がポメラニアンの改良に大きな役割を果たした〉とある。

〝大きな役割〟とは、改良による小型化が良いことでしかないような物言いだが、この記述の文責者まで責めるような大人げないことをするつもりはない。なぜなら、ポメラニアン愛好家の大半はこうした過去の経緯など何も知らず、現在のポメラニアンが最良の姿だと思っているに過ぎないのだから。私にしても、ポメラニアンがたどってきた道のりを知らなければ、他の愛好家と同じように現在形が最も愛らしいと一も二もなく同意していたに違いない。いや、過去の経緯を知ったいまでも、現在形のポメラニアンが可愛いかと問われれば、首を縦に振るしかない。心情的には単純にそうしたくはないだけで。

　話を元に戻せば、十七世紀以降にはポメラニアンの飼育が多くの王族によって行われた。ポメラニアンに関する最初期の記録は一七六四年十一月のもので、ジェイムズ・ボズウェルなる人物がドイツとスイスを旅していた際の日記にある次の一節だという。

〈フランス人男性がポメルという名前のポメラニアンを飼育し、非常に可愛がっていた〉

　なぜか私はこのフランス人に好感を覚えずにはいられない。勝手な想像だが、このわずか一文から、この男は改良前のポメラニアンを純粋に愛玩していたように思えるからだ。おそらくは改良して小型化しようなどという野心など微塵もなく――。もっともそこには、そうであってほしいという私の願いもおのずと込められているのだが。

　そして先の二人のイギリス王族のうち、イギリス国王ジョージ三世の王妃シャーロットに関してはこうある。

〈一七六七年に二頭のポメラニアンをイングランドへ持ち込んだ。フィービーとマーキュリーと名付けられたこれらの犬は、トマス・ゲインズバラの絵画にも描かれている〉

　またもゲインズバラか、と思いながら調べてみると、確かにこの画家は先のウィリアム・ハレット夫妻のほかにも、何枚かの絵にポメラニアンを描いている。王妃シャーロットの愛犬を描いた作品もその一枚なのだろうが、残念ながらその絵は見当たらず、代わりに『メスのポメラニアンと子犬』と題された、そのものずばりの作品に遭遇した。制作年は明確でないものの一七七七年ごろらしく、イギリスのテート・ギャラリーに所蔵されている。ゲインズバラにはよほどポメラニアンを描く機会が多かったのか、あるいは、ポメラニアンがそれほど当時の上流階級でもてはやされていたということなのか。いずれにせよ、再びゲインズバラの名に出くわすとは、何か堂々巡りをしているような気分にさせられる。ちなみに、この『メスのポメラニアンと子犬』は、最初の画題が『フォックス・ドッグ』だったそうで、『ウィリアム・ハレット夫妻（朝の散歩）』と同様、まだほとんど改良されていない中型犬が子犬とともに描かれている。一見してスピッツのようでもあり、どこか野性的でキツネかオオカミにも似ている。改良前のポメラニアンが「フォックス・ドッグ」「ウルフ・スピッツ」などと呼ばれていたのも、なるほどと頷ける。

さらに、シャーロットの孫にあたるイギリス女王ヴィクトリアのほうは、よりはっきりとした形で小さな体躯のポメラニアンを愛好し、熱心に繁殖させたことで知られ、その結果、小型化に拍車がかかったと、あちこちに書かれている。たとえば、こんな具合に。

〈ヴィクトリアお気に入りのポメラニアンの中に、体重五・四キロと伝えられる、小型でレッド・セーブルの毛色をした「ウインザー・マルコ」という名前のポメラニアンがいた。ヴィクトリアが一八九一年以降、ウィンザー・マルコを展覧会に出陳したことで小型のポメラニアンが人気となり、繁殖家たちがより小型のポメラニアンの作出を目指すきっかけとなった。そしてヴィクトリア存命中の時点で、ポメラニアンの大きさはすでに半分以下になっていた。ヴィクトリアはヨーロッパ各地から様々な毛色の小さなポメラニアンを輸入しては自身で繁殖し、ポメラニアンの改良と人気の高まりに一役買った〉

神をも恐れぬ行為の大もとはどうやらこの女王といっても過言ではなさそうだが、更なる小型化は女王ひとりの御代だけでなく、その後も続けられた。そうでなければ、一・八〜三・五キログラムとされる現在の標準体重までには到底なり得ない。

案の定、こんな記述に行き当たった。

〈戦後、イギリスのブリーダーによって、ポメラニアンの容姿は一層の洗練を受けた〉

〝一役買った〟という表現も引っかかったが、今度は〝一層の洗練〟とは！　一般の愛好家や繁殖家の目には小型化がどこまでも価値あるものとしか映らないらしく、「自然の摂理に反する」とか「人間の傲慢な所業」などという考えにはまったく思い至らなかったようだ。訊けばおそらく、小型化の需要に応じるために自分たちはブリーダーとしての仕事を全うしているだけで、そうした改良は何もポメラニアンだけに限ったことでない、とでも言うだろう。

毛色の変遷においては、〈絵画の中にも見られるように、最初期のポメラニアンはホワイトがほとんどだった。しかし、ヴィクトリア女王が飼育していた、レッド・セーブルの被毛を持つポメラニアンによって、十九世紀末まではこの毛色のポメラニアンが人気を博した〉

さらに、現在のポメラニアンに至っては「ホワイト、ブラック、ブラウン、レッド、オレンジ、クリーム、セーブルなど色とりどりで、あらゆる犬種の中で最も多様な毛色を持つ」とされている。

9

［2021］

ポメラニアン改良の歴史について語れば、まだまだきりがなさそうだが、必要最低限のことはほぼ触れたように思う。どうにか記憶を掘り起こせば、おそらくこのあたりのことまでは二〇〇五年の時点で調べがついていた。これだけでもどれほど品種改良が繰り返されてきたかがわかろうものだが、さらに近年に入って〈単色の被毛をベースに、ブルー、グレーのまだら模様が点在するパターンである、マール（大理石模様）の被毛を持つポメラニアンが作出された〉という話も耳にした。どうやら改良はいまなお続けられ、この先も繰り返されていくに違いない。私の心情からすれば、もはやかつての姿には戻れなくても、せめて一度立ち止まり、改良によって払われる代償――

たとえば遺伝子疾患といった健康問題など——に目を向けてほしいと願うばかりだが、きっとそうしたことはほとんど顧みられることなく、単なる理想論に過ぎないと切り捨てられるだけだろう。

話を戻せば、こうして私は、二〇〇三年の時点で提起されていた〈人間の身勝手さについて知れ〉というテーゼを、ふとしたことから二〇〇五年に思い起こし、そこからポメラニアンの品種改良などについて一通り調べたのだった。とはいえ、いまから十五年以上も前に調べた事柄を具体的に記すのは、そう簡単な話ではなかった。頭をひねって記憶をたどり、ときには調べ直す必要もあったが、そうこうするうちに、時は見る間に進んで二〇二一年後半に至っていた。筆の運びに予想外の時間がかかるのはそれまでと同じだが、書斎から外界を見渡せば、二〇二一年は前年以上に幕開けから世の人々にとって受難の年だった。コロナの猛威は衰えることなく、繰り返し押し寄せる感染の波にいまだ世界中が翻弄されていた。個人的には二〇二〇年をどうにか生き抜いてきたものの、今年も生き抜けるという保証はどこにもない。さらにこのコロナ禍で、夏には昨年から延期された東京五輪が開かれたことも、にわかには信じられない。第五波の急階段を駆け登っている状況下での決行は、快挙・愚挙・暴挙のいずれか、あるいはそのすべてとしか言いようがない。案の定、五輪が閉幕し夏も終わるころには、国内は感染爆発の域に達していた。当時、五輪を決行するがために楽観論に終始したこの国の為政者には何をかいわんや。危機感欠如の甚だしさに開いた口もふさがらなかった。本来なら巣ごもり期間中に、死んだ小ポメについてしたためる作業にもっと精を出すべきだったが、実際には執筆は相変わらず遅々として進まなかった。執筆時間は平時より多くとれたはずだし、もちろん完全に筆が止まっていたわけでもないが、どのみち集中を欠いた長旅にスムーズな行程など望むべくもなかった。

いつまで続くとも知れぬこのコロナ禍を、もし小ポメが生きていたらどう見るかと、つい、あらぬことまで考える。すべてタラレバの話で、他人からすればさしたる意味がなくても、私には大いに興味がある。あの小ポメなら、いいようにコロナに弄ばれる私たち人間をどんな視線で測るだろう、と。もちろん、私の前で再び豹変して声なき声でしゃべってくれたならば、の話だが。豹変のときを知る私からすれば、コロナ禍でもポジティブに生き抜く方策など、あやつなりの知見を教示してもらいたいものだと冗談抜きに考える。案外、私たち人間には考えも及ばない知見を示してくれたりするのではないか。

いまになって夢でもいいから小ポメにそんなことを訊いてみたいと思うこと自体、我ながら不可解だが、結局のところ、それは叶わぬ願いでしかない以上、この閉塞感に満ちたマスク越しの世界のことをもう少し語るべきだろうか。それとも、やはり二〇〇五年時点に立ち返って、その後の小ポメとのかかわりを書き進める作業を再開しようか。どちらが妥当かは目に見えていた。なぜなら、この原稿の目的は小ポメについて語ること以外にないのだから。それに、コロナ禍の現状をどんなに綴ってみたところで、不平不満や愚痴、あるいは諦観の言葉ぐらいしか出てきそうもない。しかも現実には、二年以上前にああして天寿を全うした小ポメには、もちろんこんな現状とは無縁のまま安らかな眠りについていてほしい。夢であれ幻であれ、のちのちまで付きまとわれてはたまったものでない。かてて加えて、少し前から何とはなしに感じていたのだが、小ポメについて記述することには、私なりの鎮魂の意味がどこかに秘められている気がしてならないのだ。

――と、ここでそんな思いまで吐露するのはいささか時期尚早だったに違いない。いまだ二〇〇五年までの経過しか書いていないこの段階では。だからなおさら、十六年前に戻って話を先に進めなければならないことはわかっていた。ただし実際には、私の調べた成果を小ポメに報告する機会は、その後もなかなか訪れなかった。なかなかどころか、二〇〇三年の変貌時から数えれば八年間、書き進んだ二〇〇五年からでは六年間も。それ以来、小ポメはただただ可愛い愛玩犬にして、ある意味ではペットの優等生であり続けた。その間に私と二人だけになる機会もなくはなかったが、私のほうからいくら本性を現せと念じても、まだ幼犬だったころの豹変時のように、牙をむいて唸ることも、いまにも飛びかからんと身を引いて威嚇することも、ドスの効いた声なき声を発することもなく、何かにつけてキャンキャン鳴き、うれしければ自分の尾を追うようにクルクルと回り、家じゅうを飛び跳ね、かと思えばちょっとしたことで怯えたり萎れたり消沈したりする、母はもとより家族の誰からも愛されるペット本来の使命と役割を果たし続けた。もちろん八年は、決して短い歳月ではない。私にとってもだが、小ポメにはなおさらだ。九歳ともなれば、成犬後期からぼちぼちシニア期に入ろうという時期だ。けれど、小ポメをそんな目で見る者は誰もおらず、子犬の〈ちーたんこ〉のまま、変わらず皆にちやほやされていた。案外、忍び寄る老いの影を感じていたのは、誰より小ポメ自身だったかもしれない。

とにもかくにも小ポメの一生の約半分にもあたるあいだ、小ポメが私の前で変貌を遂げることはなく、あやつとの約束を——私はいつしか、あやつに課されるテーゼを〝約束〟に等しいものと感じるようになっていた——果たすときがやってくる可能性は、もはや消えてしまったも同然に思えた。それもそのはず、愛らしいばかりの小ポメと折に触れ接すれば接するほど、あのときの本性むき出しで、ときに憎らしいほど冷静で理知的な姿が、いまや現実のものとは思えず、そのときの情景さえおぼろげなものになりつつあった。私なりに手にした成果を伝えず終わってしまうのは残念でもあり癪でもあり、消化不良の感すらあったが、そうした記憶が——それがどれほど突飛なものであったとしても——いずれ薄れていくのは致し方ない気がした。

それでも八年後の二〇一一年はやってきた。言うまでもなく東日本大震災の年。首都圏にあるわが家も実家も、発災時に私のいた社屋の建物も、これでもかというほど揺れに揺れた。激震のあいだはあたふたするばかりで、何をどうすることもできず、ようやく揺れが収まったときには、屋内のあちこちで物が落ち、壊れるものもあり、建物の内外壁には幾筋もの亀裂が入っていた。外ではおびただしい構造物が破損あるいは倒壊し、インフラの麻痺も深刻極まりない状況だった。被害の甚大さを知るにつれ、混乱と失意が被災地のみならず全国を覆いつくしていった。生きながらえた者、さしたる被害を受けなかった者でさえ、多くの人は打ちのめされ、少なからず傷を負っていた。ほどなくしてあちこちで失意の中から希望が芽生え、それが大きな輪となっていったのはせめてもの救いだが、人命という最優先の課題が前面に押し出されるその陰で、傷を負ったのが人間だけではないことに、私は早くから気づいていた。言葉や声にできないだけで、実家の小ポメも、ほとんど無限大と言っていい範囲にまで及ぶ世の中の混迷や変容を、あるいは人間以上に敏感に感じ取っていたのではないか。たまたま実家に立ち寄ったとき、小ポメはテレビやラジオから流れる映像や音声を何気なく眺めていた。何気なくとは一見そのようにしか映らなかったからだが、注意深く観察すれば、その瞳の奥にとめどない悲しみや、言い知れぬ恐怖が宿っているのを、私は見逃さなかった。目を凝らせば、あやつは確かに事の重大さを感じ取っていた。私たち人間が発するさまざまな感情はもちろんのこと、いくつものツールからあふれ出る情報を通して小ポメが身をもって感じていたものの中には、私たち人間が傾聴に値するものがあったのではないか。言ってみればそれは、動物にしか感じ取れない純粋な恐怖や、理屈を解さない生き物だけが知り得る物事の道理や本質であったように思えてならない。変わらず可愛がられ続けるペットであっても、あの震災以降、あやつの中で何かが変わった。そのことに気づいていたのは、おそらく母でも父でも、わが家の家族でもなく、私だけに違いなかった。なぜか？　私にはどうしても、過去にわずか二度であれ変貌した小ポメを知るただひとりの者が自分だから、としか思えないのだった。

10

［2011］

「リラ子のやつ、揺れてるときはどんなだった？　さぞ怯えて右往左往したんじゃない？」

母にそう尋ねたのは、記憶違いでなければ震災の日から一週間ほど経った、まだ国じゅうが混乱のさなかにある時だった。あれほどの非常時の小ポメの反応を知りたくて、深い意味もなく訊いたのだが、あるいはそのときすでにあやつの様子が以前とどこか違うと、私は感じていたのかもしれない。どこがどうとは表現しにくいが、いちばんはやはり瞳の奥に籠もる光だった。誰より身近にいる相思相愛の母がどうしてそのことに気づかないのか、私には不思議でならなかった。あまりに身近すぎると見えるものも見えなくなるということか。率直に問いただしてみたかったが、変に怪しまれても困るので黙っていた。

「そりゃ、もう。あんなにすごい揺れだもの、ちーちゃんじゃなくたって、どうしたらいいかわからなくなるわよ。でも、とにかくちーちゃんを守らなくちゃと、逃げ惑うあの子を追いかけて、無我夢中で抱きかかえて……。あとはどうしたのか。こっちもすっかり動転してたから」

やはり母にとってのいのちは、小ポメ以外にないようだ。どんな非常時にも守るべきは、とにかく小ポメ。人命との比較だったらどうなのかと、そんなことまで皮肉まじりに考えたが、あのふたりに限っては、いかなるトリアージさえ考えるだにナンセンスだった。母は、私の質問に対する自分の言葉に酔ってしまったように、そばにいる小ポメを改めて大事そうに抱き上げた。

「ねえ、ママのちーたんこは、ちーたんこだものね。何があったって、ママが守ってあげるからね。大事な、大事な、ちーたんこなんだから」

猫なで声でそう言って、小ポメの顔に自分の頬をすり寄せると、あやつも母の顔を長い舌でペロペロ舐めた。そんな光景も慣れっこになっていたので、雪がたちまち水面で溶けるように、呆れる思いもすぐに消え失せた。

とはいえ、小ポメの中で起きた変化があやつの外側にまで現れ出ようとは、そのときは夢にも思わなかった。地震という恐怖体験で以前にも増して臆病になったり甘えがちになったりしても無理はないと、その程度にしか母をはじめ誰もが考えなかっただろう。ただし何度も言うように、あれほど瞳の内に言い知れぬ思いを積もらせていたのは、少なくとも私の周囲には人間も含めて小ポメ以外にいなかった。おそらくそれは、心も体もひ弱な小ポメにとって思いのほか負荷のかかる環境だったからに違いない。内に深い傷を負った小ポメが何かの拍子で、気がおかしくなるか、悪くすればショック死してしまっても不思議はないと、そんな最悪の事態まで頭をかすめた。もちろんそんなことになったら、それこそ一大事だ。母のこともある。というより、心配の種はほとんど母しかない。母と小ポメとはもはや一個の生命体のようにしか、私にはとらえることができなかった。

それからさらに一週間ほどしても、地震による混乱は収まるどころか、とめどなく広がる一方だった。いつ電力不足による計画停電に見舞われるとも知れず、電力不足はそれほど危機的な状況に陥っていた。つまり計画停電とは名ばかりで、ほとんど計画の体《てい》すらなしていない。自分たちの生活がいかに脆弱な基盤の上に成り立っていたかを、否応なしに思い知らされる日々が続いた。

そんなさなか、今度は母が体調を崩してしまった。寝込むことなど滅多にない母だったが、今回の震災がほとんど間接的であれ、体調に影響したのは間違いない。それでも、表面上は以前と変わりなく見える小ポメの内なる傷と比べれば、母の体調不良は一過性のものとしか思えなかった。本人はもちろん辛かっただろうが、そんなときでさえ、朝からいそいそとゴルフに出かける父への愚痴をこぼすだけの気力は残されていた。震災直後のこんな時期に営業しているゴルフ場があるというのも驚きだが、すべての経済活動がいつまでも止まっていては、それはそれで問題だろう。いずれにせよ、母の体調不良によって小ポメの傷がなおさらえぐられてしまった可能性は大きい。母からお呼びがかかったのも、ちょうどそんなタイミングだった。よほど具合が悪かったのか、小ポメがまとわりついて離れないので、横になることもできず、少しのあいだ小ポメを見てほしいと頼まれた。やむなく実家に行って、何時間か小ポメの面倒を見ることになった。休日だったので時間的には問題ないが、母が外出するでもなく家にいるとわかれば、あやつがおとなしくしていてくれるかどうか怪しいものだ。寝室のある二階へ向かって、ヒーヒー情けなく泣いたり吠え続けたりするのではないか。私が行ってどうにかなるものか、しばらくでも母を休ませることができるのか、まったく自信のないまま、とにかく本を片手に家を出た。手にしていたのは、ウエルベックの『ランサローテ島』。読みかけだったわけでも、本棚から選んできたわけでもなく、たまたま手にしたのがその一冊だった。震災間もない状況下にウエルベックではいささか虚無的もしくは絶望的に過ぎるのではと、実家への道々思いながら、玄関を入ると、母は死にそうな顔で、私を見るなり「こんなときゴルフに行っちゃったし、ちーちゃん、頼むわね」とひとこと言って、ふうっと深いため息をつきながら手すりを伝って二階の寝室へ上がっていった。母が姿を消すや、私の中で小ポメと二人きりになる状況に疼くものがあったが、それが何なのか気づくまでには多少の間があった。小ポメが普段と違ってよそ行きになってしまうのではと、その程度の予想はしていたが、それほどまでに小ポメ幼犬時の二度の変貌は、私の中ですでに遠い過去の記憶と化していた。

驚いたことに、小ポメは思いのほかおとなしかった。母が二階へ上がっていったのを私と一緒に見ていたはずなのに、なぜか信じられないほどいい子だった。絶えず二階を気にして、物音がするたび聞き耳をたて、何度か階段の下へ行っては悲しげに見上げていたが、それにしてもいやに聞き分けがいい。私を困らせることもなく、母のいつもと違う様子を察して、じっと耐えているようだ。小ポメにしては珍しく、犬という動物本来の聡明さと従順さを思い起こさせる瞬間だった。「おりこうだな。その調子でママを休ませてあげよう」と言い聞かせ、奥の部屋でソファーに腰掛けると、小ポメもしばらくしてしょぼしょぼと犬舎に入っていった。犬舎は小ポメが成犬になって備え付けられたもので、留守のときなどはそこへ入れられていた。小ポメ自身も意外やその犬舎になじんで、そこに籠っていれば、それなりの安心感を得られるようだった。とはいえ、この日に限っては二階に母がいるというのに自らすんなり犬舎に入っていくとは、母の体調不良も含めていまが平時でないことを察していたとしか思えない。それから二十分経ち三十分経ちしても、小ポメは犬舎の中で伏せったまま、うつろな視線で私を見ている。ときおりまぶたが重くなって眠りかけることもあったが、私が物音を立てると、起き上がりこそしないものの、すかさず三白眼をこちらへ向けた。足を組み替えたり、ソファーのレザーが服にこすれたりする物音、そして本のページをめくる乾いた音にさえ敏感に反応した。本のタイトルの『ランサローテ島』とは、スペインのカナリア諸島にあり、作品自体はウエルベックにしてはいささか軽妙で、物悲しさは漂うものの虚無感はさほどでもない。何といっても、少々変わったその島へ旅して、そこで知り合った女たちと3Pするという、他愛ないといえば他愛ない話で、そこにカルトの問題などが絡みはするものの、少々拍子抜けさせられる内容だった。それより本の前半に、ウエルベック自身が撮影した八十枚ほどの写真が収録され、その荒涼とした風景の連なりのほうが印象的だった。楽しいどころか、地震と噴火で破壊された乾いた大地の写真が、何とも言えぬ不安を掻き立てる。私は後半の小説を少し読んでは前に戻って写真を眺め、それを何度か繰り返しながら読み進んでいった。そして途中から——どのあたりの途中かは記憶に曖昧だが——、なぜか本の帯にある次のフレーズにはまり込んでいた。

〈こんなふうなのだろう……　滅びてしまったのちの世界とは〉

本文中にあるフレーズなのか。それとも、河出の編集者が考えた単なるキャッチコピーに過ぎないのか。あるいは、帯に推薦文を寄せた平野啓一郎氏によるものなのか。そんなことをあれこれ、キッチンの冷蔵庫から勝手に持ってきた缶コーヒーBOSSをすすりながら考えていると、そんなふうに実在の固有名詞を平気で列記していること自体、すでにウエルベックに毒されているのではないかと、我ながら驚いた。ウエルベックの小説にはいつもこんなふうに——いや、そんなレベルでなく、読み手がひやひやするほどに——さまざまな固有名詞が頻出し、そもそも小説の中身自体、作者の中で熟考されたことがあけすけに表現されるあまり、轟々たる非難や論争を引き起こすことがしばしばなのは、つとに知られる。彼にしてはこの軽妙な部類の作品でさえ読んでいるうちに、いつしかそんな、ある種の率直さと熟慮ゆえのセンセーショナリズムが読者の私にも伝染し始めていた。繰り返しになるが、『ランサローテ島』を読みながら頭にこびりついて離れなくなっていたのが、帯文の〈こんなふうなのだろう……　滅びてしまったのちの世界とは〉というフレーズだった。さらに缶コーヒーを、低めの暖房の中でごくりと飲み込みながら、今度はなぜかこんな批判的なせりふを独りごちていた。

「いくら何でも大げさじゃないか。滅びてしまった世界があるだとかこうだとか……」

そのときだけは犬舎の中にいる小ポメのことも、二階で休んでいる母親のこともすっぽり頭から抜け落ちていた。ところが、その独り言に対して生意気に返す声があったのだ。

「滅びてしまった世界なんて、どうせあんたにわかるはずないね。その小説の作者だって知れたもんじゃない。大多数の人間は有史以来、ろくなことをしてこなかったわけだから。つまり、未来がどうなるかなんてただの一度も真剣に考えてこなかったということさ。だからそのつけで、自分たちがいずれ予期せず滅びてしまった世界を見る羽目になるかもしれないことを知るべきだ。ことさら、そうなるのを望んでいるわけじゃないけどね」

生意気な声の主——それは小ポメ以外にないと瞬時に察したが、犬舎に目を向けると、そこにあやつの姿はなかった。犬舎の扉は開け放してあったから、しばし目を離した隙に外へ出ていたようだ。はっとして足元に目を向けると、そばに行儀よく座っている。犬舎内にいるときとは違ってつぶらな瞳を見開き、私をじっと見上げている。牙をむいて口から泡を吹いている――などということはまったくない。私の中枢に声なき声を投げかけてくるのは以前と同じだが、あのときの、小さいながらも野犬のような狂暴な姿ではなく、ほとんど普段のあやつと変わりなく見える。瞳の奥にさまざまな感情が渦巻いているのが私には感じ取れるが、それすら濁ることなく透明感をたたえている。そうはいっても、普段とはどこか違うのも確かで、どんな姿であれ、こんなふうに語りかけてくる犬が普通であるはずはなく、あやつの中で何かが起こっているのは疑いようがなかった。

「よりによっていまごろ何なんだ。あれから何年経っていると思ってるんだ。いくら何でも遅すぎるよ。こっちだってお前さんに言われたことをまったく無視してたわけじゃない。それなりに調べもして、そのときを待っていたんだ。こんなに時間が経っていなけりゃ、すぐにでも報告できたはずなのに、さすがに調べたこともすっかり忘れてしまった」

私は小ポメの変貌具合を見極めようと探りを入れつつ、不満を隠さず率直に言った。それでも、あやつの穏やかな表情は変わらず、口先だけがますます生意気になっていった。

「さすがだな。すぐにいつもと違うオレだとわかってくれた。あんたが言うように遅すぎたかもしれないが、それは仕方ない。自分じゃコントロールのしようがないんだから。何かが自分の中に降りてくる感じがしてね。それがオレを駆り立てるんだが、あんたと二人になったときだけ、どうしてそうなるのか。前にも言ったように、あんたが特別で、選ばれた人間だからとしか言いようがないんだ」

「それを言われても困るんだよ。自分が特別だなんて思ったことは一度もない。そもそもお前さんが実家に来なければ、こんなことにはならなかっただろうが、なぜかお前さんはやってきた。どんな縁があったかは知らないが、人間に知らしめたいことがあったことだけは、いまの僕には身に染みてよくわかる」

大体がこうして犬と交感できること自体、稀有な話なのだ。しかも今回は、小ポメのみならず自分までがお構いなしに言いたいことを言っていることに、はたと気づく。いつ食いつかれるかわからないほど荒々しく迫ってきた過去のときとは違い、少なくとも表面上は穏やかなせいか、こちらもつい気を許して口が軽くなっていた面もある。しかも、小ポメの変貌に遅れてほどなく私の上にも何かが舞い降りてきた気がした。なぜなら、もう六年以上も経ってほとんど忘れてしまっているはずのことがなぜか次々と思い出されてくる奇妙な感覚を脳内で味わい始めていたからだ。具体的には、あやつの二度目の変貌から少し経って調べた事ども。たとえば、ポメラニアンの祖先犬は、スピッツ系に属する他の犬種と同様、サモエドであることとか……。

「あとどれだけ話していられるか。いつママが二階から下りてくるかもしれないからな。そうなったら、話はそこで打ち切り。お前さんも急いでいつもの自分に戻らなくちゃならない。続きを話す機会も今度、いつやってくるかわからない。お前さんの千里眼でも、そのへんは見当がつかないだろ？　また何年も先だったら、さすがにもうお手上げだ。お前さんだけじゃなくて、こっちもどうなっているか、先のことはわからない。こないだの地震で、なおさらそういう運命的なことを考えるようになったよ」

残り時間のことを心配しながら、それでも饒舌な自分に少々呆れていた。とりあえずは、小ポメに課題の成果をどう伝えるべきか、そもそも伝える必要があるのかどうかを――というのも、私が知り得たことなど小ポメはとうにお見通しかもしれないからだが――思案しながら、ふとあやつを見ると、ひどく悲しげな眼をして私から視線をそらしている。どうしたのかと訝しく思っていると、ああ、そうか、そうかもしれない、と膝を打つ。何年も先ならお手上げ、などと口走ってしまったことで、あやつは傷ついてしまったのではないか。人間も含めて生きとし生けるものの命など誰にも見通せるものではないが、それでも同じ歳月なら、犬と人間とではずいぶん意味合いが違う。うかつにも私は、あやつもペットである以上、私たちに喪失の悲しみをもたらす〈悲しみの動物〉であることを失念していた。かのロジェ・グルニエも言ったではないか。「犬という相棒は、そのライフサイクルの短さゆえに、日々私たちに『死を忘れるなかれ《メメント・モリ》』というエゴイズムではなしに『私たちはもうすぐ死ぬのです』ということを教えてくれる」と。

ポメラニアンの寿命は一般的に十二年から十六年だそうだから、これからさらに何年も先となれば、小ポメはその寿命を超えてしまう。小ポメはそのことに気づいて落胆したのではあるまいか。つまり、小ポメは——少なくとも今回に限っては——おのれの死についていっぱしの思いをめぐらせていた気がしてならない。ポール・ヴァレリーは「動物は、無駄なことは何もしないから、死について考えることもない」と書いたが、今度ばかりはその意見には承服しかねる。それで私は、これ以上あやつを落胆させまいと、死や寿命に絡むことにはいっさい触れずに訊いてみた。

「それにしても、幼犬のときの勢いはどこへ消えてしまったんだ。いまとは比べようもない、掌に載るほどの子犬のくせして、敵対心丸出しで、威勢よくいまにも飛びかからんばかりだった。変わらないのは、生意気な物言いだけだな。どうしてこんなにおとなしくなってしまったのか。成犬になって分別がついたからというわけでもないだろう」

「思うところは、あのときとそう変わってないさ。いまだって燃え盛るものや煮えたぎるものがある。でも、ママには言葉にならないほど可愛がってもらってきたし、あんたたちにもずいぶんよくしてもらった。十年近くのあいだ、ずっとね。人間一般に対する思いとは別に、情も移ろおうってものさ。その恩は、普段の自分じゃないと自覚しているいまだって忘れるわけがない。こうして唯一特別な会話ができるあんたに対しても、その気持ちは同じだよ」

「まあ、こうしてお前さんと話をするのもまんざらじゃない。おかげで、人間がこれまでやってきた理不尽な行いもいろいろと知ることができたからね。お前さんが言っていた〈人間の身勝手さについて〉も、あのあと少しばかり調べてみた。もうすっかり忘れているだろうと思っていたら、こうしてお前さんと話しているうちに、なぜか急にあれこれ思い出されてきてね。不思議なものだ。例えば、お前さんの先祖が十八世紀にはどんな姿をしていて、その後、どんな変貌を遂げていったか。王妃シャーロットや女王ヴィクトリアがポメラニアンを愛好するあまり、お前さんの先祖にどんな改良を加え、その後も現在に至るまで、どれほど強引な繁殖が続けられてきたか……」

「あんたの言うとおりだ。わかってくれれば、それでいい。オレにはちゃんとわかっているし、いまさらあれこれ聞きたくもない。忘れてはならないけれど、できることなら忘れてしまいたい。何百年にもわたって、オレたちが自然の摂理に反して、どれだけ人間の欲望に翻弄されてきたか！　そう簡単に納得いくものじゃない。だから、いくら可愛がられているといっても、つい自分たちと人間とを対立軸で見てしまうんだ。いいように改良されてきた者にとっては、見た目や性格のよさで褒めそやされたって、心の奥底じゃそう単純に喜べない。可愛がられるだけで満足している能天気なやつらは、それでいいのかもしれないけれど……」

小ポメの言い分を聞くうちに、またもヴァレリーのこんな言葉を思い起こした。

〈動物、避けがたい謎――相似により、われわれと対立する〉

小ポメも含めて――いや、こういうときの小ポメならなおのこと――動物という存在自体が避けがたい謎というほかなく、ある意味、確かに私たち人間と対立している。ただしそれは、愛玩する者とされる者という関係でありながら、求める者と求められる者との相関関係においては、似通う者同士ともなりうるのだ。とはいえ、実際のところ、愛犬家の中には、犬たちが存在しないような世界では生きることに何の喜びも見いだせないと考える者も少なくない。それは愛猫家をはじめ、さまざまな動物愛好家に同じことが言えるはずだが。

「お前さんは、ほかの犬と違って、ずいぶん問題意識が旺盛なんだな。ただ無条件に可愛がられているほうが、楽で幸せな気もするけどな」

「いや、オレだって十分幸せだよ。この家へ来て、幸せの何たるかを教えられた。普段はほかの犬たちと変わらない、純然たる愛玩犬に過ぎないんだ。いまみたいに問題意識に突き動かされているとき以外はね。とはいえ、そうなるのも今度でわずか三度目。なぜそうなるのかは、何度も言うようにわからないし、自分じゃどうすることもできないんでね」

「おかげで僕もすっかり巻き込まれてしまったけれど、別に後悔もしていない。僕自身、いままでたいしたことをしてきたわけでもないしな。ただ、この先どうなるのかは気にかかる。また何か宿題を出されて終わるのかね？」

「さあ、いまのところはオレの背中を押す見えざるものは感じない。あんたに物申すときには、オレにもそれなりの労力が要るんだが、オレ自身、少々年を取りすぎてしまったのかもしれないな。舞い降りてくるものがあるとすれば、いまごろ別の若くて壮健な犬の背中が選ばれているんじゃないかね。お払い箱なら、それはそれで気が楽だ。あんたにもこれ以上、迷惑をかけることもない」

「そう言われると、何だか寂しいね。お前さんと二人きりになるたび、いつ変貌するかと身構えていたようなところがあるから。お前さんがお役御免なら、僕も同じ運命ってことだろう」

「繰り返しになるけど、人間がオレたち犬をどう扱ってきたか、そのことだけは忘れないでほしい。せめて周りの人たちには、機会あるごとに真実を知らせてもらいたい。そう、まずは周りの近しい人たちからで構わないから」

急にしおらしいことを言うものだから、いささか拍子抜けしたが、その言葉には明らかに切実な願いがこもっていた。とはいえ、自分にどれほどのことができるのか、安請け合いはできない。純粋に動物を愛玩する者に、小ポメのようなペットがたどってきた過酷な運命を講釈する機会など滅多に訪れるものではないだろう。ならば、まずは自らの心に刻み込んでおくことから始めるとしよう。すると小ポメは、そんな私の胸の内を見透かしたように、足元から離れず、心なしか凛とした態度で私を見つめながら言う。

「人間の諺《ことわざ》でいえば〈隗《かい》より始めよ〉ってやつだろ。あんただけでもそう思ってくれれば嬉しいね。欲を言えば、そこから大きなうねりが生まれる可能性だってないとは言えない」

多少の学でもひけらかそうとしたのか、諺まで繰り出して、希望をつなぐようなせりふを投げかけてきた。話はそれで終わりかと思いきや、まだ先があった。今度ばかりはしっとり穏やかなまま変貌の時が終わるかと期待していたが、またも読みを誤った。というより、私の発したひと言が新たな問題意識を喚起させてしまったようだ。私としては、人間の欲望の犠牲者とも言える犬の側に立って、軽く口走った程度のつもりだったのだが。

「この先、お前さんがまた変貌することがあるのかどうか、定かならぬときては、あれこれ考えさせられる。そもそもポメラニアンが改良などされず、もとの中型犬のままだったらどうなっていたのか。いまみたいな小型の愛玩犬でなければ、トマス・ゲインズバラの古い絵にあるように現代までこうして愛され続けてきたのかどうか……。何といってもポメラニアンは、小型犬の代名詞みたいな存在だからな。昨今の世界的な小型犬ブームに一役買ったことは間違いない」

そんな話にどれほどの意味があるのかと、口にしてから後悔した。変貌はまだわずか三回に過ぎず、同じ話を繰り返しているつもりもないのだが、なぜか急に、際限のない堂々巡りをしているような既視感にとらわれていた。私と小ポメとの秘めたる会話は、十年でたった三回だけなのに、終わりのない、新鮮味を欠く、貧弱な内容としか思えなくなっていた。小ポメがどんな反応で何を返してこようと、いいかげんこの三回目に終止符を打つべく口をつぐもうとしていた。ところがちょうどそのとき、二階からドアの開く音がして、ゆっくりと階段を下りてくる足音が耳に届いた。小ポメもその物音で一瞬にして、そちらへ全神経を向けた。二階から母が下りてきたのだ。具合はどうなのか、少しは休んで回復したのか。それとも、何かの用事で下りてきただけなのか。ほんの十数段の階段でも、普段とは違う重く覚束ない足取りからして、大きく回復したとは思えない。それでも下りてきたからには、小ポメのことが気になって、こちらの部屋を覗きに来るだろう。が、そうなる前に、小ポメはもう我に返ったように一目散に階段のほうへ走っていた。いつもながらの素早さだった。母の留守中に預かった幼犬のとき私の家で足を痛めて以来、ときおり足を引きずる仕草を見せるようになったが、あの勢いなら引きずっているのは傷や痛みよりトラウマのほうだろう。それとも、突然の母の登場で何もかも一気に吹き飛んでしまったのか。いまのいままで変貌を遂げていた特別な状況を解かれて、器用にも瞬時に普段のちーたんこに戻ってしまったのか。私はすぐにはソファーから動かず、しばし耳を澄ませていた。

「ちーたんこ、御免でったね。でも、ママはまだダメ。お薬を飲んだら、また休むから。もうちゅこちおりこにしててね」

変わらぬ幼児語まじりでも、小ポメの興奮ぶりとは対照的に、母は息苦しげにやっとのことでそれだけを口にした。やはりいつもとは違って、小ポメを抱き上げるでもなく、台所でしばらくごそごそやったあと、小ポメに構いもせず、再び二階へ上り始めた。階段の途中で、今度は私に聞こえるように肩で息をしながら言った。

「悪いわね。もう少しちーちゃんのこと、お願いね。もうしばらく休んだら、起きて頑張るから」

さすがの私も部屋から顔を出し、階段の中途でほとんど膝下しか見えない母に言葉を投げた。

「いまのところ何とかなってるから、大丈夫だよ」

私のそんな一言に安心したのか、母はふっと大きく息を吐いたようだった。母にまとわりついていた小ポメは、階段の下でヒーヒーと悲しげに甘えた声を漏らしている。階段の一段目に前足をかけて涙目で見上げる姿をちらと目にした瞬間、私は思った。ああ、こいつはもうダメだな。完全に普段の小ポメに戻ってやがる。三回目の変貌もこれで終わりだ。ちょうど潮時。あとは好きにさせておくことにして、私はひとりソファーに戻った。母を求める小ポメの情けない鳴き声だけがまだ聞こえていた。いつまでああして往生際悪く鳴き続けるのか。いつになったら諦めるのだろう。耳障りに思いつつ、私は再び『ランサローテ島』を手に取り、栞を外して、続きを読み始めた。物語の中では3Pがたけなわだった。甘美だが即物的で、馬鹿馬鹿しくもある。小ポメと母とのおっけいんぼのほうがよほど滑稽で健気に思える。それでも物語にすっと入り込んでいたのだろう、気がつけば小ポメが私の近くに戻ってきていた。両耳を垂れ、うつむき加減で、見るからに意気消沈して。

「諦めるんだな。こんなに具合の悪いのは滅多にあることじゃないんだから」

もちろん、変貌を解かれた小ポメからまともなリアクションなど期待していなかった。私の言葉など――つまり人の口から発せられた言葉など――ほとんど理解できまいと思っていた。何といっても、気持ちは残らず母のほうにある。私のことなど、もう眼中にないだろう。それが証拠に、小ポメの視線は私から遊離し、その姿すら目に留まらないようだった。ところが、実際にはそうではなかったのだ。あやつは再び変貌状態に戻っていた。どの時点で戻ったのか、それとも母が下りてきても完全には平時に戻りきれなかったのか、そこは何とも判断できない。とにかく突然、耳の奥底からこんな小ポメの声が聞こえてきた。

「余計なお世話だ。もう戻ってるよ、さっきの続きに。そりゃ、ママのことは心配だよ。何かあったら、いや、そんなことはありっこないけど、もしもそうなったら、ボクはもう生きていけない……」

「心配するなよ。そんなもしもは百に一つもないはずだ。そんなことより、話は何だったかな。まだ続きがあったかどうかさえ忘れたよ」

終わりなら終わりでもよかったが、相手が変貌したままではどうしたものかわからない。あと少しで読み終わる『ランサローテ島』も、栞を挟んで閉じ、傍らに置いていた。こちらとしては小ポメの出方を見るしかない。これ以上、下手に話題を提供して、逆にまたおかしな宿題でも出されたら厄介だ。

「というわけで、あんたたちのおかげで、この十年のあいだに人間への思いもずいぶん変わったんだ」と、小ポメは落ち着きを取り戻し、少々しんみりして言った。あやつの中で、変貌時と平常時のはざまに初めて穴が穿たれたようだった。その一方で、小ポメ自身の思いはより複雑になってしまったらしかった。

「そう、こうなってますますわからなくなった。ただ、人間をすべて〝悪〟と恨み倒す気にはならなくなった。むしろ多くの人が、改良されたオレたちを単純に可愛がってくれていると知って、どこかで許す気持ちも芽生えてきた。オレたちは生き物であっても、やっぱり人間からすれば〝物〟なんだ。飼い主に悪意はないし、罪もない。いくら消費者の嗜好、つまり人間によるセレクションが大きな影響を与えているといってもね。許せないのはやっぱり繁殖業者、ブリーダーのほうだよ。商魂たくましく私利私欲で改良を重ねてきた。もっとも、オレたちは所詮買われていく身で、高く売れるものをなるべく多く繁殖させようとする誘惑に、業者は勝てないものさ。やつらにとっては、それがビジネスだからね。でも、だからといってそう簡単に許すわけにはいかない。いや、決して許すことはない」

言い分はもっともだが、それだけに返す言葉もなかった。何かを言えば藪蛇になりそうで、黙るしかない。小ポメも次第に二階にいる母のことを忘れ、そのぶん変貌の度合いが増したのか、再び少し離れた位置から私を見据え、見据えるその視線が見る見る険しくなっていた。

「ポメラニアンが丈夫な犬種だなんて、いったい誰が言ったんだ！」と、小ポメは怒りと不満の声を上げた。もちろん周囲に聞こえない、私にだけ届くツールで。あとは、こんな単語を独り言のように並び立てた。

「難聴、高眼圧症、屈折異常、小眼球症、虹彩欠損症、骨格異常、心臓異常、生殖異常、膝蓋骨脱

臼、気管虚脱、黒斑病、クッシング症候群、甲状腺機能低下症、慢性皮膚感染症、生殖ホルモン疾患……。数え上げたらきりがない。でも、それが現実。オレたち犬が負わされたリスクなんだ。それと忘れちゃいけない、最近ようやく問題視されるようになった遺伝子疾患のこと。これまたひどいものさ。人間が犬や猫を好き勝手に近親交配《インブリード》させて、種を固定化してきた結果、どうなったか。あんたもここまでいろいろ知ったからには、そのへんのことまで踏み込んでほしいね」

小ポメは饒舌にそう言うと、それきり黙りこくった。これが次なる宿題なのか？　またも厄介な宿題を課せられてしまうのか？　もしそうだとしても、あやつのしもべのように、言われたことを「はい、わかりました」と二つ返事で受け入れて、躍起になって調べにかかるのは癪だった。一度目と二度目の変貌後にも感じた反発が久々に込み上げてきた。知ったことか、と投げやりな気分になっていた。やるもやらぬも、こちら次第。そうそう言うなりにはなるまいと、勝手に強がりを装いつつも、気がつけば、またも小ポメのペースに乗せられてしまったのか。何か言いやがれ、と思っていると、こんな言葉が返ってきた。

「お好きなように。別にやらなくたって構わない。あんたはすでに十分働いてくれたから。ずいぶん期待に応えてくれたよな」

その言葉に、さらにカチンときた。その言い草はないだろうと思わず声を上げたが、小ポメは知らぬ存ぜぬという風情で、まったく無表情だった。少なくとも健気でしおらしい小ポメは、もうどこにもいなかった。かといって、かつての変貌時の狂暴で戦闘的なほどのものでもない。私からすれば、小憎らしいことこの上ない。私という人間を見込んで選んだ。そんなふうに持ち上げたのはどこのどいつだ！　そう思ったちょうどそのとき、裏側の車庫でシャッターが開き、エンジン音がした。父親がゴルフから帰ってきたらしい。このタイミングがいいのか悪いのか。そう悪くはない気もした。バトンタッチして、そろそろ家に戻りたい。小ポメの面倒見はいいかげん御免こうむりたい心境だった。

「よぉ、いたのか。どうだい、ママの具合は？」

ブレザー姿で裏口から上がってきた父は、私の顔を見るなり、上機嫌でそう言った。相変わらずいい気なものだ。とはいえ、息子としては文句を言う筋合いでもない。父の顔は一段とゴルフ焼けしていたが、ろくに目も向けず返答した。

「さっき起きてきたけど、すぐに二階へ上がっていった。まだ具合がよくないんじゃないかな」

「そうか。じゃあ、もう少し休ませておこう。で、チビはどうした？」

父親も小ポメのことが気になるようだ。とはいえ、父に対するあやつの態度は母とは雲泥の差で、十年経ったいまも気の毒なほどなつかない。猫可愛がりする父を見ていてこちらが気の毒に思う場面も多々ある。猫可愛がりしたところで、小ポメはほとんど乗ってこないのだ。愛玩犬にも当然、選り好みする自由はある。まあ、私に対しても普段は、自分の都合でお愛想程度にしか愛想を振りまきはしないのだが。

「見てのとおり。ママに構ってもらえず、がっくりってとこかな」と、私は適当にお茶を濁した。変貌して高邁な理屈をこねていたなどと言えるわけがない。だいいち、小ポメは帰宅した父を前にして、どれほど変貌から解かれて平常に戻っているのやら。小ポメ自身、家に入ってきたのが父だったことに少なからず失望したらしく、あからさまに無愛想な態度で、あさってのほうを向いたきり、立ち上がって尻尾を振るでもない。

「相変わらず愛想がないな」

父も呆れたように吐き捨てると、やむなく気を取り直したように私に言った。

「あとは引き受けるから、もう戻っていいよ」

礼のひとつもなしかと思ったが、まあ、そんなことはどうでもよかった。「じゃあ、帰るよ」と、こちらも愛想なく言って、『ランサローテ島』を抱えて玄関へ向かいかけた。踵を返す前に、小ポメをちらと見たが、どうやらすっかり普段のちーたんこに戻っていた。ふわふわほわほわと綿のような体毛に包まれた無垢な姿で、変貌の名残を思わせるものは何もない。父の帰還を機に、いつもの三歳児ほどの知能に一気に回帰してしまったようだ。またもあやつのいいように踊らされた気がして、すっきりしない気分のまま実家を後にした。

自宅に戻ると、妻や子どもたちも普段と変わらない夕刻を過ごしていた。妻は夕食の支度、子どもたちはテレビとゲーム。私が帰ってこなければ、子どもたちは遊びを辞め、私抜きの夕餉《ゆうげ》が始まっていただろう。もし戻ってこなければ、さすがに携帯で見通しを尋ねるくらいのことはしてきたと思うが、それにしても、どうして私だけが半日近く実家で小ポメの面倒を見る羽目になったのだったか。母に頼まれたからには違いないが、その実、自ら望んで実家へ向かった気がしなくもない。小ポメと二人きりになれば、ひょっとしてあやつが再び変貌を遂げるのではないかという淡い期待が、十年近く経ったいまもなお頭のどこかによぎった可能性を、あえて否定はしない。その一方で、まさか三度目の変貌に遭遇するとは、しかもそれがきょうという日とは、想像もしなかった。相手もとうに幼犬ではない。それどころか、はや老犬の域に差し掛かろうというのに、いまごろこんな展開が待っていようとは、夢にも思わなかった。

こうして小ポメ三度目の変貌は、二〇一一年の、東日本大震災から何週間も経たない週末に起きた。夜更けになって書斎で五郎先生の三つ足香炉をいくら眺めても、昼間のことが思い出されてどうも釈然としない。なぜなのか。十年近く前の二度目の変貌後に調べた事どもを、小ポメにきちんと説明できなかった悔しさもある。説明しようとしても、あやつがすべて知ったふうで真剣に耳を傾けようとしなかったせいもある。小生意気という点では三つ子の魂百までといったところだが、それでも小ポメは以前と比較にならないほど丸く穏やかになっていた。それは、年を経て老犬の域に達したからだけではなく、あやつ自身が言うように、この十年ほどで母をはじめとする周囲の者たちに玉のように可愛がられて、人間の情というものを身に染みて知ったからだろう。どういう運命か、私の実家に来て最愛の母とめぐりあい、小ポメは幸せの何たるかを知ったに違いない。もちろん普段は小ポメも自分たち犬族の〝人間に背負わされた負の側面〟など考えもしなかっただろうが、昼間の会話からして、あやつはすべてを忘れているわけではなかった。少なくとも変貌すれば、たちまち人間と相対する犬の側に立ち、おのれを知り、憎しみに満ちた冷徹な視線で人間と対峙することに、何のためらいもないようだった。たとえ険悪で狂暴な部分がずいぶん影を潜めてしまったとしても、曲がりなりにも三回目の変貌を通して、そうしたことを再認識せずにはいられなかった。

翌日になると、母の体調はほぼ回復し、小ポメとの蜜月の日々が復活した。母の体調不良もどうやら疲労の蓄積によるものだったようだ。この先はよほどの用でもないかぎり、私が一人で小ポメの面倒を見る機会はないだろう。何より平穏がいちばんだから、それはそれで結構なことだ。ただし気がつけば、なぜか小ポメの次の一言が脳裏にこびりついて離れなくなっていた。

〈消費者の嗜好が市場を作り出す〉

小ポメがそのとおりの表現をしたわけではないが、会話の中にそんなテーゼが含まれていたのは間違いない。小ポメは消費者よりブリーダーのほうを問題視したが、裏を返せば、それは需要と供給の関係で、どのみち消費者の嗜好の問題にたどり着く。小ポメに訊けば、消費者にも高い意識を持ってほしいと言うに決まっている。消費者の嗜好が作り出した市場で、これまでにどんな事態が起こってきたか。そのことについて小ポメはあれこれ言い募っていた。まるで父の帰宅を察していたように、最後はほとんど駆け足になって怒涛の如く……。とはいえ、いったい何が問題で、私に課せられたものがあるのかどうかさえ、今度ばかりははっきりしない。まだ一日しか経っていないというのに、小ポメが口にしたこともぼんやり思い出す程度で、自分の中で早急に整理しなければ、大半がほどなく忘却の河へ流されてしまいそうだった。それより何より、私はまた何かの課題に相対し、調べ上げ、それなりの答えを導き出さなければならないというのか。本音を言えば、もうこれ以上やる気が起きない。十年近く経ったところで、心の内奥からの使命感が以前にも増して湧いてこない。だいいち、四度目という次なる変貌の時があるのかどうかさえ怪しいものだ。仮に四度目があったとしても、小ポメは私が調べたことになど真剣に聞く耳を持つだろうか。私が真剣になれない不誠実さの根底には〝無駄骨〟の三文字がある。つまり何かの成果を得たとしても、結局、無駄骨に終わるのではないか。というのも、小ポメにはまもなく十歳という年が近づいている。ポメラニアンの平均寿命は……。もちろん、生き物の命は人間も含めてあすをも知れない。小ポメのほうが私より早いとも限らない。しかし常識的に考えれば、早いに違いないのだ。何よりも犬は人間の何分の一かの寿命しか定められていない。小ポメが私に突き付けようとする課題から逃れんがために、私は都合よく、老犬となりつつある小ポメを必要以上に〈悲しみの動物〉に仕立て上げようとしていたのかもしれない。

11

［2021］

とにもかくにも小ポメの約十年間について綴ってきた。相変わらず牛歩の歩みとしか言いようのない遅筆さゆえ、気がつけば二〇二一年も秋になっていた。コロナ禍が一年半以上も続いて、私たちの生活が加速度的に、それも相当いびつな形で変容しつつある中で、幸いにも私も家族も両親もいままで生き抜き、一人として欠けることはなかった。コロナ禍前の話ではあるが、唯一、小ポメだけが天に召されて、この世から姿を消していた。小ポメもほかの犬と同様に〈悲しみの動物〉だという、いささか自分に都合のいい真理だけが、予想どおりの現実となっていた。小ポメ不在のいま、私たちはコロナという脅威に怯えながらも、その期間が長引くにつれ、絶えざる閉塞感にも慣れつつあった。コロナ感染の波はすでに第五波まで及び、自粛生活もいいかげんうんざりを通し越していたが、なぜか十月に入ると、ワクチン効果もあってか、感染者が嘘のように減り、ようやく収束の兆しが見えつつあった。いや、現実には、見えつつある幻影を見ていただけかもしれないが……。

さらにこれもまた、どこかで何かとつながっている出来事にも思えるのだが、感染者が急減したことでようやく回り始めた経済活動下にあって、私も仕事がらみで二〇一一年の震災の爪痕を追体験する機会を得た。福島第一原発を視察する話が持ち上がり、あれよあれよという間に実現した。結果、曲がりなりにも水素爆発から十年後の原発をこの目で見たことは、少なくとも事故の重大さを再認識するに決してマイナスではなかった。構内への入構には厳格な手続きを課され、カメラやスマホなどの持ち込みはいっさい禁止。見学者に対しては、国からの指示や意向も含めて東電なりの規制が敷かれていた。私たち一行を案内する東電職員の態度からは、途方もない敵と闘い続ける諦観が見え隠れしていた。他の参加者はどうか知らないが、少なくとも私にはそう感じられた。十年経っても何ひとつ決定的な区切りがつかず、廃炉までさらに三十年から四十年もかかるとなれば無理もない。先行きが不透明であればあるほど、不安は掻き立てられる。職員の低姿勢で丁寧な説明がどこか神経質で杓子定規に思えてしまうのも、先の見えない諦念からくるものなのか。原発の空は天高く晴れ渡っていたが、ダスト飛散防止のために原子炉建屋を覆う大型カバーも、水素爆発の惨状をいまだ完全には覆い隠すことができずにいる。最盛期には一日あたり八千人に及んだ作業員もだいぶ減ったとはいえ、いまなお日々四千人近くが働いているという。いくら安全第一をモットーにしていても、被ばく線量をにらみながらの作業は基本的に変わりようがない。こちらも物見遊山のつもりなどないが、構内を歩く作業員らの私たち見学者を見やる視線は、どこか突き放したように冷めて感じられる。それはそうだろう、構内バスを降りて原子炉建屋俯瞰エリアに立ったときでさえ、その場所の空間線量は一時間当たり約七十七マイクロシーベルトに過ぎないのに、どこかでおっかなびっくり不安を感じるありさまなのだから、一年あたり二・五四ミリシーベルトを浴びる作業員にしてみれば、構内バスで動く見学者が物見遊山同然に見えたとしても不思議はない。原発の近傍には、啓蒙のために廃炉資料館なる施設も整備されていたが、発電所を含む一帯はいまだ帰還困難区域のままで、家屋や店舗などには草木が生い茂り、人の気配もほとんどない。後日振り返れば、原発のある一帯はまるで異次元空間のようだった。いや、本当に異次元空間だったら、どれほど多くの人が救われていたことか。残念ながら、それは自分がいま存在する空間の中の、同じ一部分なのだ。それでもなお、この晩秋の午後に自宅の窓から外を見上げれば、数日前に赴いた原発建屋の上空と同じ青空が広がっていることが不思議でならない。ふと気づけば、まなかいに小ポメの、見覚えのあるようなないような面影がぼんやり浮かんでいた。それはやはり、変貌しているときの表情に違いなかった。あやつはかすかに笑っていた——というより、口の中の片方に食べ物でも引っかかったように皮肉まじりにニヤリとしていた。愛らしいどころか、愛らしさがねじれると、こうも不可解な表情になるものなのか。私には小ポメの心の内がこんなふうに思えた。

〈あれから十年経っても、このざまかよ〉

二〇一一年の震災について、もっと言えば福島の原発事故だけについて言われているようだった。原発構内を見たわけでもない小ポメにそんなことを言われる筋合いはないはずだが、しかと弱みを握られて、「確かにそうだな。そう言われても仕方ない」と、しぶしぶ頷くしかなかった。あの原発事故に関しては、直接的に私が悪いわけでなくても、人間の一員というだけで他のすべての生き物に対して合わせる顔がない思いがする。やがて小ポメの面影がいびつにぼやけ始めると、あやつはこう言いたくて、いまごろ私の脳裏に姿を現したのではないかと思い至った。

〈早く書きなよ。二〇一一年に戻って、あの直後から、その先のことをさ〉

私の遅筆がよほど不満だったのか。好意的に考えれば、叱咤激励ととれなくもないが、次第におぼろになってきた小ポメには、こう言うほかなかった。

――でもな、これでも必死に書いているんだよ。僕なりに仕事の合間を縫って。心の中にしまっておくだけなら、ずっと楽だったのにな。知られざる記録として残しておこうなんて殊勝な考えを起こしてしまったばかりに、こんな面倒を味わう羽目になった。「いつか、どこかで、誰かが目にするのでは」などと、詮無い考えを起こして行動に移しただけでも、少しはありがたいと思ってほしいね。まあ、自分で決めたことだから、最後までやり通すさ。お前さんに遅いだ何だと言われようと、あくまで自分のペースでね——

12

［2011］

　そんなわけで、再び二〇一一年時点に戻って話の続きを進めることにしよう。とはいえ、前にも書いたように、小ポメ三度目の変貌後は何もかも気乗りしなかった。あやつが口にしたことはすぐにでも整理しておかなければ記憶がおぼろになっていくとわかっていても、何週間も放ったままでいた。いいかげん変貌のたびに踊らされるのはうんざりだし、小ポメ自身お見通しのことを、どうして私が苦労して調べる必要などあるだろう。選ばれた人間だの何だのと持ち上げられても、もうその手には乗るまいと内心突き放していた。それより何より震災による混乱と動揺がいまだ国家レベルで続いていて、小ポメに一方的に押し付けられた課題どころではない現実もあった。二〇一一年は、直接の被災者でない私にとっても普通の年ではあり得なかった。わが家でも倒れたり落下したりした物がいくつもあり、家自体も壁に亀裂が入ったり建具がズレたりしてだいぶ傷んだが、愛蔵の弥七田織部の香炉は、書斎の棚の中でぐらつく程度で倒れも落ちもせず無事だった。思うに、三つ足だったのが幸いしたのではないか。二足の人間、三つ足の香炉、四つ足の小ポメと、はたして震災に対してタフたり得たのはそのいずれだったか。もちろん、単純に足の数だけで測れるものではない。本来なら衝撃に脆いはずの陶器が無傷で済んだのは、おそらく三つ足であることも含めていくつかの幸運が重なったからだ。香炉が発する作者の心根とメッセージに常々癒されている私ではあるが、たとえそうであっても、それは鼓動する心の持ち主とは違う。鼓動は生物的な命あるものだけに備わっていて、だとすれば小ポメも人間同様、鼓動する心の持ち主にほかならない。言い換えれば私は、小ポメと震災とをどうしても切り離して考えることができなかった。三度目の変貌の、あのタイミング。小ポメも私たち人間と変わらず、容赦ない揺れに翻弄され、精神的に傷を負い、その衝撃が変貌の引き金ともなった。あるいは二度目の変貌から八年近くものあいだ、機を見て私の前で再び変貌するタイミングをうかがっていたのかもしれないが、震災の衝撃でそのタイミングがこのときとばかり訪れたに違いない。しかも、小ポメが受けた衝撃には、傷ついた私たち人間のありようまでがまざまざと映し出されていた。動物は本能的に人の心を読む、犬の場合であればことさら敏感に——。そう考えていくと、「動物は無駄なことは何もしないから、死について考えることもない」というポール・ヴァレリーの言葉には、ますます懐疑的にならざるを得ない。それよりもメーテルリンクの残した、いささか大仰に思える次の言葉にこそ、私は共感し、そこに示された犬の特権というべきものを支持したい。

〈触知できる、疑う余地のない明白で決定的な神の存在を見いだして認めた唯一の生き物——それが犬なのだ〉

あれほど小ポメの三度目の変貌に冷ややかだった私が、震災から一カ月半ほど経つころには、こんなことまで考えるようになっていた。ひょっとして、小ポメには生物界全体を見通す力があるのではないか。人間を見通すことができれば、すべての生き物を見通したのと同じだと考えるのは、はたして人間の驕《おご》りだろうか。少なくとも、小ポメが自己の最良の部分を何に捧げればいいのかわかっていることに、私はようやく思い至った。震災で傷ついた人間の端くれたる私の前で、変貌という形をもって最良の部分を捧げてくれたのは、自らも傷ついた小ポメ自身ではなかったか。

それからというもの、普段の可愛いばかりの小ポメと、数少ない変貌を遂げてみせる小ポメとが、私の中で混然一体となった。百パーセントとまではいかないが——つまり一度目と二度目の変貌時の様子をどうしても差し引かざるを得ないからだが——、少なくとも無理なく、少しも別物ではない、母の言葉を借りればどちらも同じ〝ちーたんこ〟としてとらえられるようになっていた。とはいえ、それがどれほど揺るがぬものであるかは、次なる変貌に遭遇したとき初めて理解できることなのかもしれない。私の前で最良の部分を捧げてみせる小ポメを再びこの目にすれば、そこでようやく、完全に一体となった小ポメが私の中で出来上がる気がする。そうでなければ、両者はまたも分離した別個同然の存在になってしまいかねない。もちろん、はたして次の変貌のときがあるのかどうかは定かでない。そもそも四度目など存在せず三度がすべてであるなら、実はいまこの時点で混然一体の小ポメが我知らず自分の中で完成されていたと言えなくもない。ただ正直な気持ちとして、仮に次なる変貌の機会があるとするなら、ぜひその場に立ち会いたい。要するに、私はある意味で腹をくくったのだ。小ポメが突きつけた——かに思える——新たな課題をほったらかしにしたまま、身勝手だ何だと言われようと自分なりの腹のくくり方をしたのだ。

13

［2017-2018］

腹をくくったはいいが、現実には私の思惑とは裏腹に、小ポメは三度目の変貌を境に、明らかに生涯の折り返し点を過ぎ、徐々に下り坂をたどっていった。日々目に見える急激な衰えとまでは言えないにしても、かつてわが家で預かって以来の足の不具合をより頻繁に見せたり、嘔吐を繰り返してはしばらく食欲なく精彩を欠いたりすることもしばしばだった。もっとも足の不具合に関しては、トラウマによるもののような、あるいは何かの不平不満に対するあてつけのような、どこか額面どおりに受け取れないものを、いまだに感じてしまう。以前と同様、医者に診せても、骨折や捻挫などの異常は見つからなかった。齢十五を超えるころには、前足の付け根に小さなしこりが出来て、腫瘍の疑いありとのことだったが、老齢ということもあって、さすがの母もあまり騒がず、良性か悪性かさえきちんと調べなかったようで、切除するしないの話もなく、そのまま経過観察ということに落ち着いた。毛並みや色つやなど容色の衰えはもはや隠しようがなく、老犬の域に達した容姿をそばで見るにつけ、母のみならず家族の誰もが、いまさらながら犬という動物のライフサイクルを実感させられた。くどいようだが、犬はそのライフサイクルの短さゆえに、喪失の悲しみをもたらす〈悲しみの動物〉と言うほかないことを、私もまた、ある種の諦観とともに悟り始めていた。

老犬となり果て、動きも鈍った二〇一七年ごろには、どんな拍子であれ——たとえ、あの震災レベルの非常時が再び降りかかったとしても——、小ポメはもはや私の前で変貌を遂げる気力さえ失っているように見えた。はたしてあとどれだけ時間があるのだろう。変貌のことを抜きにしても、純粋に小ポメとの残された時間というものを意識せずにはいられなかった。母はそれまでの十五年間と変わらず「ママのきゃわいいちーたんこ」として小ポメを溺愛し続け、あやつはあやつで、以前のような喜怒哀楽の表情を鈍くしながらも、母にまったりまとわりついている時間がいっそう長くなっていた。小ポメの本心からすれば、容色衰え、次第に体の自由もきかなくなった晩年は、なおさら母と二人きりで穏やかに過ごしたかったに違いない。ところが、そんな状況にもかかわらず、小ポメが生まれるより前に買い込んでいまではほとんど放ったままになっていた房総の別荘へ、よりによって思い出したように小ポメを連れていく話が持ち上がった。そうした話はこれまでに何度も持ち上がっては消えていたが――そのせいで、言い換えれば小ポメを飼ったがために、別荘もほとんど使われなくなったようなものだが――、それは、ひ弱な小ポメを外へ連れ出すことに、母がずっと乗り気でなかったからだ。父とのあいだでその話が出るたび――それこそ小ポメが弱り始める以前から――、「とんでもない。連れてくなんて無理に決まってるでしょ」と断固反対していたが、父がいつもの呆れた楽観主義で、ここへ来てあまりにしつこく口にするようになったものだから、とうとう母も逆らえず、とにかく一度きりということで別荘行きが決行された。ところが一度きりのはずが、週末や連休になると二度、三度と繰り返されるようになり、そのつど小ポメは見るからに消耗して実家へ帰ってきた。極端に臆病で神経質、しかもすっかり年老いた小ポメには、ちょっとした環境の変化が想像以上に身にこたえたようだ。そのせいで小ポメの寿命が縮まったとまでは言えなくても、小ポメの心身に相当の負荷がかかっていたことは間違いない。別荘へ行けば行ったで、落ち着かないで夜も眠らず、過呼吸状態に陥るときもあって、それに付き合わなければならない母も、海辺の別荘で息抜きするどころか、たいてい疲れ果てて帰ってきた。ときには小ポメの不調で予定を早めて戻ってくることさえあったが、そんなときでも父は小ポメや母の負担など知ってか知らぬか、実にのんきなものだった。

「これがもう最後。ちーちゃんを連れてくのは大変なんだから」

最初の別荘行きから半年も経ったころ、母はとうとう音を上げた。もっとも、そんなせりふは母の口からそれまでに何度も繰り返されてきたが、父はいっこうに聞く耳を持たず、ときに家長の権威を振りかざして能天気を貫いた。

「何が大変なんだ。何てことないだろ！」

ところが今度ばかりは、母も強硬だった。

「いい加減、私の身にもなってよ。世話をするのはこっちなんだから」

食ってかかるほどの強固な意思表示に、父もとうとう根負けしたのか、ようやく諦めの言葉を捨てぜりふのように吐いたのは、二〇一七年の夏もお盆を過ぎたころだった。

「まあ、いいさ。あんたがそう言うなら。こいつもいい加減、ご老体だしな」

耳を疑うそんなせりふを、実家に行ったときに耳にした。諦めるにもその責任を小ポメの年齢のせいにするとは、まったくどこまで身勝手なのか。かく言う私も、小ポメにそうそう加担するつもりはなく、母のことを気の毒には思うものの、夫婦間の話に必要以上に首を突っ込むのもはばかられた。我ながら冷めてもいたが、母は私を百パーセント自分の味方だと思っているのか、キッチンに立ったとき、耳打ちするようにこんな愚痴をこぼした。

「あの子を連れてくのは、ほんとに大変なのよ。まったくわかっちゃいないんだから」

「だろうな。おやじはろくに面倒見るわけでもなし。せいぜい行き帰りの運転ぐらいだろ」

「行けば行ったで、昼間はゴルフに出かけちゃうし」

運転だけなら、慣れない場所での小ポメの面倒見よりよほど楽だ。道中ずっと助手席で小ポメを抱いているだけでも、母はしんどいに違いない。小ポメがぐずり出せば「だからキャリーに入れておけって言っただろ！」と、運転席でいらだつ父の様子が目に見えるようだが、ペットキャリーに入れたままにしておけるほど小ポメは簡単ではない。母から離れればヒーヒー、ピーピーと情けなく鳴き続け、母もそれを放っておけないに決まっている。そういうことがいちいち父には理解できないのだ。それでも基本的には仲のいい部類の夫婦と言えるだろうから、どんな夫婦にも少なからず存在する行き違いのようなものと言えなくもなかった。

それ以来、両親が小ポメを連れて別荘へ行くことはなくなり、結果的に実家で安穏に暮らす晩年の日々が本格的に訪れたと言ってよかった。もちろん両親とも出かけて短時間、小ポメひとり留守をすることはあったが、そんなときにも以前の犬舎に入れられることはなく、小ポメ自ら、机の奥に置かれたドーナツ型のペットベッドに籠るようになっていた。もしや誰もいないとき、ひとり変貌を遂げていたりして……。ふと、そんな想像が頭をよぎった。いままでただの一度も考えてみたことのない想像だった。これまでの十五年のあいだには、ひょっとしてそんなこともあったのではないか。まさかとは思いつつ、絶対にないとも言い切れない気がしてくる。実は変貌が私の存在とは無関係に、小ポメ自身の意思にも左右されず、何かの加減で唐突に起こりうるものなら、そんな可能性もあながち否定できなかった。

そうはいっても、私の見知らぬところでの出来事など知ったことかと突き放すだけの余裕はあった。仮に知らないところで変貌されても、そんなものは私からすれば変貌も何もあったものではない。変貌するなら私の前で、しかも私しかいないところでしてもらわなければ困るのだ。とはいえ、その後は小ポメとふたりだけになる機会はないに等しく、私のほうも、三度目の変貌時にあやつに課されたような、あるいはそこまでの話ではなかったような、どちらともつかぬ問題について、ずっと放置したままでいた。そのことに心のどこかで負い目を感じつつ、このままでは小ポメとの秘められた三たびの経験が中途半端に終わってしまう危機感すら感じていた。いまさらながら、人の心とは不思議なものと思わずにはいられない。

なぜかこの秋は、こうして何かにつけ小ポメに対していままでにない感情を巡らせたが——わけもなくふと考えてしまう、と言ったほうが適当かもしれないが——、それでも最低限、小ポメのことを——広範にいえばペット、もっと広げれば生きとし生けるものすべてを——人間より下等な存在として見下す姿勢はつとに慎んできたつもりだった。それは、いわば小ポメと出会って肝に銘じるようになった決定的な変化であり、そのことに気づけば気づいたで、今度は逆に、あれこれ指図される自分がまるであやつのしもべにでもなったように感じることが多々あった。いまではさすがにそんな気持ちになることもほとんどないが、一度目や二度目のような変貌に再び立ち会えば、またしてもそんな心持ちにならないとも限らない。とはいえ正直なところ、最近の小ポメの老いた様子からして、再度の変貌の機会がやってくる可能性は百に一つもない気がしていた。

ところがちょうどそんなとき、須賀敦子のエッセーにある一文に出くわして、ぎくりとさせられた。この優れた随筆家にしてイタリア文学者は、自分の母親についてこう語っていた。

「母は、犬にかぎらず、自分が過去にかわいがった、あるいは現在かわいがっている動物のことを、まるで、ちょっと下等な家族の一員といった調子で、ヤツ、とか、アイツ、とか、ふつう女の人が用いない言葉を、あるいとおしさをこめて使った」

小ポメをあやつなどと勝手に呼んでいるわが身を顧みて、いまも前意識的に下等な家族の一員のように思っているのではないかと、改めて自問自答してみた。自分ではそんなつもりはなくても、そんな呼称をすること自体、小ポメをどこかで見下している証左ではないか。いやしかし、そんなはずはない。須賀敦子の母とは時代も立場も違う。それでも、小ポメに対するいとおしさが私にそうした呼称をさせる大もとのところは、須賀の母親とおそらく似たり寄ったりのような気がするのだ。

翌二〇一八年になると、小ポメはますます衰弱の度を増していった。愛用のペットベッドに入ったまま、うつらうつらと眠っていることが多くなり、食事や排せつなど用を足しに起き上がるときですら億劫そうだ。歩く姿もよろよろと頼りなく、背中は屈曲して尻尾は縮こまり、とくに後肢にはなかなか力が入らなかった。何かの拍子で反射的に吠えたてることはあるものの、その声もかつてとは比べようもなく低くかすれて、長く発し続ける筋力もすでに失われてしまったようだ。狂ったようにうるさく吠えては家じゅうを駆け回っていたころがいまでは懐かしい。こんな状態になった小型犬があとどれほど生きるものなのか、私には見当もつかなかった。一カ月か半年か、一年か、それ以上か。余命など、それこそ神のみぞ知るで、誰にもわからない。いちばん気がかりなはずの母ならば、かかりつけの獣医に「あとどれくらいでしょうか?」と恐る恐る尋ねていたかもしれないが、「訊いたって仕方ないことだから」と私には言葉を濁した。獣医にしても、いまの段階ではっきりどうと言えるものではなかっただろう。まさか「まだ五年や十年は大丈夫」などと安易な気休めは言うまいが、それでなくても、母はもちろん、私を含む周囲の者たちも、小ポメの命がそう長くはないと感じてはいた。調子の悪いときなどあちこちで粗相をすることも目立ち始め、食も細り、嘔吐したり咳き込んだりと、世話する母の手間は以前よりはるかに増していた。けれど、母は依然として文句ひとつ言わず、変わらず献身的に面倒を見続けた。母性本能とは、相手がどうであろうと、かくも強いものかと知ることにもなった。

そうはいっても、小ポメの衰弱が実家の日常に暗い影を落としていたかと言えば、そんなこともなく、あやつの具合いかんにかかわらず、日々の生活はほとんど変わらず回っていった。きょうあすにどうこうということでもなさそうだし、皮肉にもこんなときには父の能天気がプラスに働く。

だいいち、いくら弱ったとはいえ、小ポメは小ポメなりに懸命に生きているのだ。生きているうちから死ぬことなど考えては、あやつに対して失礼だ。それを言うなら、自分たち人間だって同じこと。父を見よ、母を見よ、私を見よ、私の家族を見よ！　小ポメが実家へ来た当時からすれば、誰もが同じだけ年を取っている。十五年以上も時が経てば、以前と変わらぬ者など存在するはずもない。

二〇一八年もゴールデンウイークを迎え、その時点で小ポメの余命が一カ月や二カ月でなかったことは証明された。もちろんそんな証明は、それだけ終着点へ近づいたことを意味するだけで、この数カ月で小ポメとの忘れ得ぬ思い出が新たに形づくられたわけでもない。暖かくなれば少しは元気を取り戻すのではと期待もしたが、春めいてきても体調が上向く様子はなく、数カ月前と比べてどうかと問われても、私の目には相変わらず精彩を欠いた老犬としか映りようがなかった。

梅雨に入ると、両親が父の旧友夫妻と一泊で房総の別荘へ繰り出す計画が持ち上がった。以前にも何度かそうした機会があったようだが、小ポメを飼ってからは中断されていた。それがいまになって復活するとはいささか理解に苦しむが、どうせ前向きなのは父のほうに決まっている。その計画を耳にしてすぐさま頭をよぎったのは、その間、小ポメをどうするつもりかということだ。その解決策は、妻がすでに母から伝えられていた。

「古くからの付き合いだし、断れなくてね。ちーちゃんを連れてくわけにもいかないから、申し訳ないけど、一泊だけうちの方で面倒見てちょうだい」

　妻に言わせれば、多少言い訳がましくても、ほとんど当然という物言いだったそうだ。

「しょうがないわよ、こっちも断れないんだから。昼間はあなたが見ててくれれば、夜は交代して、私があっちの家に泊るから。泊るといったって、ソファーにでも横になってれば、一晩くらい何とかなるでしょ」

　少々投げやりではあったが、我慢強い妻を持つと、こういうときにはありがたい。内心はしぶしぶだろうが、彼女も腹をくくっていた。母の頭にも小ポメ幼犬時の悪しき経験があるので、私の家へ預ける選択肢は端からなかったようだ。こちらが実家へ行くにしても、夜通し母がいなければ、小ポメは少なからず動揺するだろう。下手すると、母の帰りを待ちわびて一晩中、ほとんど眠らないかもしれない。たかが一晩とはいっても、そばにいるのが母でなければ、それだけで小ポメは身が細ってしまうのではないか。序列でいえば母の次ほどに好きな妻に大仰な甘え方をしてみせるのは容易に想像がついたが、それでもどれほど年を取ろうが、あやつは私にとって普通の犬ではないのだ。気がつけば、そんなふうに妻のことより小ポメのほうを心配している自分がいる。べつに妻を軽視しているわけではなく、ただ妻は後で少し休めば回復するだろうが、老いた小ポメはそうはいかない気がする。これほど心配しているのだから、小ポメを下等な存在とみなすことなどあろうはずがない。そう、私が小ポメをあやつと呼ぼうが何と呼ぼうが、その呼称に見下すニュアンスなど微塵も含まれてはいないのだ。そこまで思い及んで、私はいささか気を強くした。

そして、両親不在の週末がやってきた。梅雨のただなかだが、いったい誰の行いがよかったのか、梅雨の合間の晴天となった。それでも留守を任される私たちには晴れやかな週末とはいかなかったが、土曜の朝、楽しげに支度をする両親を見て、たまに小ポメから解放されてある種の安堵を感じているようにも見えた。本人たちにどれほどその自覚があるかは知らないが、いつの間にか小ポメは両親にとっても一段と手のかかる存在になっていた。そんな厄介者を預かるとなれば、以前にも増して責任を感じる。両親の不在中に何かあっては困るのだ。普通なら百に一つもそんなことはあるまいが、そこは老いてなお神経質でひ弱な小ポメのことだ。予期せぬ事態にならないとも限らない。両親が帰宅するまで何事もなく一昼夜が過ぎるのを願うばかりだった。

妻のシナリオどおり、昼間の留守居役は私だった。両親が出かけるころに、私は実家へ出向いた。バトンが渡される前には、またひとしきり母と小ポメとの大仰な別れの儀式が繰り広げられた。

「ちーたん、ひとっちゅ、ひとっちゅだからね。おりこしてたら、あとでいっぱい、ないちょ、ないちょしようね」

いつもながら言語とも思えぬ会話が、互いの頬をすりすりしながら交わされた。もちろん母には小ポメを置いていくことに少なからず罪悪感があっただろうが、その儀式を見聞きするうちに、そんなことなら最初から出かけなければいいものを、と思ったりもした。けれど、そこは人間の複雑怪奇なところで、顧みて自分にもそんな部分がないとは言えない。ただしこの場合、母が「ひとっちゅ」などといくら言い聞かせたところで、小ポメにはそれがどれほどの時間的な長さか、ほとんど理解できないだろう。そこが言葉も理屈も解さず、おそらくは時間の感覚すらままならない動物の悲しいところだ。何といっても今回は一昼夜、とくに一晩挟んで置いていかれるわけだから。いままでにそれほど長く母と離れていた経験はほとんどないのではないか。とにもかくにも、いつもながらの呆れた儀式のあと、父のセダンに乗り込んで出かけて行った。途中で旧友夫妻を拾って別荘へ向かう予定らしいが、その後のスケジュールなど、そもそも私の興味の埒外だった。

小ポメと二人きりになると、なぜかかつての小ポメ変貌時のことが思い返されてきた。とくに十五年以上前の初変貌のときのことは、すでに遠い昔の出来事のようにおぼろげなのに、衝撃だけはいまも鮮烈に残っている。普段の小ポメとのあまりのギャップに度肝を抜かれ、その後しばらくはあやつの意のままにあやつられている気がしたものだ。三度目はともかく二度目の変貌までは、犬の祖先と言われるオオカミか、さもなくば狂暴で挑発的な何かの獣のようだったが、いま目の前にいるのは、ただのしょぼくれた老犬で、もはや四度目の変貌のことなど私の頭をかすめもしなかった。かつての変貌を思い出しては、小ポメの上に容赦なく降り注いだ時の流れを感じずにはいられない。現に両親が出かけてからは、意気消沈して机の下のペットベッドへもぐり込んで伏せたきり、薄目を開けてあさってのほうを向いていた。くりっと好奇心旺盛に輝いていた瞳はいまや灰色にくすんで、自分が落ち込んでいる理由さえ忘れてしまったように、曖昧に焦点の定まらぬままだった。二十分もしないうちに、とうとう寂しさに耐えきれなくなったのか、のそのそと起き出してきて、私の脛を控えめに前足でかりかりと掻いて催促の仕草をしてきた。私の座るソファーに上りたいと訴えているのだ。数年前までは助走もつけず軽々とソファーへ飛び乗ることができたのに、いまでは誰かの手を借りなければ上ることも下りることも叶わない。抱き上げて乗せてやると、案の定、甘えるように私の傍らに擦りついてきた。この愛玩犬たる日和見ぶりだけは、何年経っても変わらない。慕われて悪い気がしないのはこちらも同じで、額から背中へかけて何度も優しく撫でてやる。その感触が驚くほど骨ばって、肉も削げ落ちているのに愕然とする。いつの間にこれほど衰弱してしまったのか。ふと、その感触が私にオデュッセウスの愛犬アルゴスを思い起こさせた。そういえば、忠犬の代名詞とされるアルゴスは、いったい何の犬種だったか。考えてみたが、思い出せない。そもそも『オデュッセイア』に犬種まで書かれていたかどうか。ただし、アルゴスはオデュッセウスの獣狩りの際に行動を共にし、研ぎ澄まされた嗅覚と聴覚、それに俊敏で粘り強い走力を持った犬のはずだから、猟犬としても優れていたのは間違いない。

そんな勇敢で辛抱強いアルゴスもオデュッセウスがイタケーに帰還したときには、いまの小ポメと同じように見る影もなく老いさらばえていた。それどころか、オデュッセウスは二十年間もイタケーを留守にしていたのだから、アルゴスも人間で言えば百歳以上、小ポメよりさらに高齢ということになる。そこまで考えると、ぬくぬくと生きてきた小ポメとはまるで別の生き物のように思えて、重ね合わせることさえアルゴスに気の毒な気がした。

「まったく！　勝手な比較をしてくれるな」

えっ、いま誰か何か言ったよな。まさか……。昔ならいざ知らず、いまの小ポメが人間と交感できる余力を残しているとは到底思えない。傍らにすり寄る小ポメを撫でる手先が我知らず静止して、いまさらの変貌を打ち消す気持ちが滑稽なまでに強まった。七年ほど前とは別の意味で狼狽せずにはいられず、視線を脇の小ポメに向けることさえ憚られた。ひたすら黙って、そのどこかの誰かによる二の句を待った。そうするうちに、不思議な期待感が兆している自分に気がついた。あり得ないと思いつつ、いまでも心のどこかで小ポメの変貌を心待ちにしていたらしい。その期待感とは隣り合わせに憂鬱な気分も膨らんできた。私は小ポメに提起されたさまざまな問題に対して、何の調べもせず、何の答えも導き出そうとせず、あれから何年も生きてきたからだ。いや、その部分の怠慢についての釈明も、いまとなっては必要なことかもしれない。もはやさほど残り時間があるとも思えず、もしあやつの命が絶えてしまったら、釈明すら叶わないことになる。さあ、続けて何か言ってみろ！　今度聞こえたら、あり得ないはずのことが起こっているのを信じてやろう。それが幻聴でも何でもなく、ようやくお前さんの上に訪れた四度目の変貌だということを！

「老いさらばえただの、しょぼくれただのと、よく言ってくれるよ。自分だって同じだけ年とったくせして。そもそも犬の寿命は人間より短いんだ。老けが早くたってしょうがないだろ」

私はまだ黙っていた。その言葉は脳の中枢にまで響いていたが、何をどう返せばいいのかわからない。腹も立たず、言い訳をする気にもならなかった。その言葉どおり、小ポメの言い分に何ひとつ間違いはない。それでいて、いろいろ申し訳ないことを言った、と謝るつもりもさらさらなかった。それらの言葉には悪意のかけらもないのだ。そのことを小ポメがどれほどわかっているのか定かでないが、いま私の中にあるさまざまな感情の中で最も勝っているのは、意外なことに喜びだった。小ポメがこの世から消えてしまう前に、再びあやつと交感できる喜びがさざ波のように押し寄せてきた。いやしかし、今回もきちんと会話が成立するのか。曲がりなりにも過去三度のように意思の疎通が果たせるのかどうか。そんな不安がよぎるなか、複雑に交錯する感情に気圧されるように、私はようやく言葉を発した。

「頭の中で思ってたことが聞こえたのか。それならそうと、もっと早く言ってくれればよかったものを。正直、もう無理だと思っていたからね。お前さんと昔みたいに話すことなど……」

「老いて、しょぼくれた老犬になっちまったから、そんなこと思うんだろ。まあ仕方ない、それも本当のことだ。こうしてまた話せるなんて、オレだって夢にも思わなかった。それは過去三度も同じようなもので、あんたと二人きりになると、どういうわけか機が熟したみたいに、どっかから力が湧いてくる。言いようのないおかしな気分になって、自分が自分じゃなくなるみたいに、自分が別の何かと入れ替わるみたいに、こうなるんだ。自分の意志でどうこうできるもんじゃない。とにかく何かが降りてくる。それが、このご老体の上にも思いがけずまた降りてきたってわけだ」

確かに、見慣れたご老体がいつもと違ってずいぶん生気に満ちている。外見はそう変わらなくても、内側からあふれ出る力感がこちらにも伝わってくる。しかし、これがかつてのあの野性味あふれる挑発的な小ポメなのか、そのへんの見極めはまだつかない。けれど、そんなことはもうどうでもよかった。現実に飛びかかられたり、食いつかれたりする危険さえなければ。

「心配するな、そんな元気はもうないよ」と、小ポメは少し寂しげに言うと、私の右手の甲をぺろぺろ舐めながら、三白眼でこちらを見上げた。「取って食おうなんて思っちゃいない。若いころはいきり立って血気盛んだったけれど、年を経るにつれ、内から湧き上がる怒りも鎮まっちまった。過去の歴史がどうあれ、いまも続くペット業界の不条理がどうあれ、オレ自身はあんたたち周りの人にずいぶんよくしてもらった。そこはひたすら感謝だな」

さして感謝するでもなさそうな口調だったが、それが嘘偽りでないことは私にもわかっていた。私が小ポメにどんな悪口や減らず口を叩こうが、少なからぬ愛情に裏打ちされたものであることは、それなりに伝わっているらしい。

「こっちも可愛がるためにお前さんを飼ったようなものだからね。そう特別のことをしているわけじゃない。ただ、そういうお前さんの気持ちをお前さんからじかに聞けるのは、おそらく僕だけだろうから、あんなにお前さんを可愛がってるママには、少しばかり申し訳ない気がするな」

「ああ、ほんとに。言えればいいのに、ママには言えない……」

小ポメの悲しげにかすれた声が耳の奥を震わせたが、それ以上は何も言えないのか、続く言葉はなく、それで私も話題を変えたほうがいいのか一瞬、迷った。ところがちょうどそのとき、いままで考えもしなかった疑問が、ふいに頭に浮かんできた。私の傍らで伏せっているこの犬は――生涯で数えるほどにしても――なぜこうして見違えるように変貌するのだろう。そもそも、このような変貌は何を意味しているというのか。自分の上に何かが降りてくる、自分が自分でなくなる、自分が別の何かと入れ替わる――とは、いったいどういうことなのだろう。

「つまり、どうしてこんなふうに変貌するのか、お前さんは自分でもまったくわかってないわけだよな。ただ変貌するや、もろもろの感情がどこからか湧き上がってきて、問題意識を自分の内にとどめておけなくなる。そしてそれを、目の前の僕にぶつける――そういうことだろ。思うに、そのときお前さんの中では先祖返りみたいなことが起こっている。自分であって自分でないような状態とは、お前さんの犬種が何世紀も前の、品種改良されるより前の時代にまで遡って……。いや、その逆かな。何世紀も前の祖先が、いまを生きるお前さんのところへ降りてきて、お前さんに憑依するとでも言えばいいのか。何かが降りてくると感じるのは、そんな現象が起こるからじゃないかと、ふと思ってね」

「そうだな。そう言われると、そんな気もする。いまもそうだけど、少なくともそういうときのオレは、いつものオレじゃない。でも、まったく別の自分になったという気もしない。他人事じゃなくて我が事のような切実感があるし、何かを背負わされている重みさえ感じる。あんたひとりに頼っちまったのは、あんたを見込んでのことだ。悪く思わないでくれよ」

「仮にそうだとしても、その選択が正しかったとは思えないね。僕に何かを託そうなんて、どだい無理な話だ。僕にそんな力はないんだ。それに、過去はもちろんのこと、未来はなおさらそう簡単に変えられない。たまたまうちの実家へ来たから、僕を選んだだけのことじゃないのか」

「いや、それだけじゃない。あんたを選んだのには必ずしかるべき理由がある。あんたは何かをしてくれる——そう信じることができたから、あんたを選んだに違いないんだ」

　小ポメはその点に関しては、いっこうに引き下がる気配がなかった。私も否定する気力をなくして、黙ってしまった。すると、小ポメはさらに思いついたように続けた。

「さっき話してくれたオレの変貌に関する解釈。あれだって、なるほどそうかと膝を打ったよ。ほかの人がそこまで思い至るはずがない。もちろん、オレもいままでそんなふうに考えてみたことは一度もなかったけどな」

　そう言われても、あの変貌のプロセスを思いついたのは、自分でも意外だった。小ポメも最初に聞いたときは半信半疑の様子だったが、いつの間にか百パーセントそのとおりだと確信している表情になっていた。そのへんは変貌中でも都合よく、愛玩犬本来の柔軟な対応力を失わずにいるようだ。

「でもそれだけじゃ、お前さんの考える人間の身勝手による歴史的な不条理を暴こうにも、そのとば口にさえ立ったことにならない。僕と何度話したところで、たいした成果にはつながらないよ。もういい加減、現実を知るべきだな。お前さんが幼犬のころは、僕も自分なりに調べてみたりしたけれど、いまじゃすっかりほったらかしだ。三度目の変貌からずいぶん経っているのに、何ひとつ手を付けていない。お前さんにいろいろ言われたこともそのままだし、このありさまじゃ、きっぱり諦めてもらうしかない」

「残念だけど、それも仕方ない。ここまで付き合ってくれただけでも感謝すべきなのかもしれないな。それでなくても、さっき変貌の仕組みを聞かされて、何だかすっきりした気分になった。いまは自分の中で不思議なほど風通しのよさを感じている。きっと、自分が何世紀も前の祖先とより密接につながって、お互いの存在をはっきり意識できるようになったからだと思う。オレたち犬の、そもそもの血脈にまで届く共同体的な意識が、いよいよオレの中へ運び込まれてきたようだ」

「考えてみれば、お前さんも気の毒だよな。十七年も可愛がられ続けてきたんだから、純粋に愛玩犬として幸福な一生を送ることもできたはずなのに、祖先から負わされた宿命だか何かで、わずか数度とはいえ、おかしな変貌を遂げては、子孫のための啓蒙まで僕みたいな者に託さなくちゃならないなんて……」

しゃべっているうちに、頭の中で傍らの小ポメの一生が見る見る鮮明でまとまりあるものになっていく不思議を感じた。やはり小ポメの言うように、自分には気づかぬ能力が備わっているのでは——などと、うぬぼれにも似た思いが兆していた。しかし次の瞬間には、そんな自分の愚かさに呆れていた。もし多少なりとも何がしかの能力があったとしても、小ポメのような犬たちが改良され続けてきた歴史を変えることなどできはしない。私の知る範囲で言うなら、トマス・ゲインズバラの描いた十八世紀のポメラニアンあたりまで時空を遡らせてやりたい気もするが、そんなことは現実問題として不可能で、そもそもそれが小ポメにとって幸福なことかどうかもわからない。何といっても小ポメは、この二十一世紀を生きる愛玩犬にほかならず、いまの容貌であるからこそ、これほどペットとして可愛がられているとも言えるのだ。

「お前さんには、いま自分の中に降りてきている祖先の姿がどれほど見えているのかな。祖先との風通しがよくなって、その姿もよりはっきりしてきたんじゃないのかい?」

私はあやつの頭を撫でながら何気なく訊いてみた。小ポメには決して小さなことではなかろうに、何気なく喉元を過ぎて出た自分の言葉の軽さを少しばかり後悔した。けれど、返ってきた小ポメの言葉の抑揚からすれば気を悪くしたようにも思えず、ただ慎重に返事をしようとする意思だけが実家の少々かび臭い空気の中を伝ってきた。苦悩を含んだ血統の重みめいたものを身に染みて感じていたのかもしれない。

「それほど見えているわけじゃない。でも、まったく見えないかと言えば、そうでもない。ぼんやり影のようには見えるんだ。そんなふうにしか表現のしようがないけれど、いまの自分とずいぶん違う姿だってことだけはよくわかる。先入観。それもあるかもしれないけれど、それだけじゃない。その姿をポメラニアンだと言っても、いまじゃ誰にも通用しないだろう。どちらが本当のポメラニアンなのか。どんなに原形をとどめないほど改良されていても、それが当たり前になれば、そっちが本当のポメラニアンになってしまう。本当っていったい何だろう。何が本当の本物なのか……。あんたならわかるかい？」

　またも問いを振られたが、今回ばかりは口調の切実さの割に、小ポメが本気でその答えを私から引き出そうとしているようには思えなかった。相変わらず口は達者だが、寄る年波のせいもあってか、張りをなくした声音にはどこか寂しさが漂っている。それを感じた私は、傍らで擦り寄る小ポメを思わずぐっと引き寄せた。すると途端に、小ポメは「キャーン！」と甲高い痛みの声を上げた。小ポメの体はすでにボロボロで、関節やら何やら弱って、腫れ物もあちこちで増殖しているのかもしれない。触られるだけでもちょっとした加減で痛がることが最近、だいぶ目立っていた。

「ごめんよ、悪い悪い」

　慌てて小ポメの脇腹に置いた手の力を抜くと、痛みが引くだろうころまで待ってから、続けた。

「何が本物か、それは難しい。僕が知っているのは、お前さんの祖先が、十六世紀ごろにはジャーマン・スピッツと言われていたこと。ウルフスピッツなんて呼ばれることもあったこと。スピッツからさらに遡れば、その祖先は白いサモエド犬だと言われていること。けれど、個人的に目に焼き付いているのは、十八世紀後半にトマス・ゲインズバラというイギリスの画家によって描かれたポメラニアンの姿だ。僕にわかるのは、せいぜいそんなことぐらいだよ」

「そのゲインズなんだか、名前は前にもあんたから聞いた気がする。その絵に描かれたポメラニアンはどんな風貌だったのか、知っているなら教えてくれよ」

小ポメは相変わらず私の横で寝そべったままだが、それでいて、横目でこちらを見やる瞳の奥にはギラリと鋭い光を宿していた。明らかに、小ポメとその内に降りてきている祖先とが混然一体となって、絵画に描かれた十六世紀のポメラニアンへの強い興味が塊のように私のもとへ迫ってきた。

「突然、そう言われてもね。お前さんにその絵を見ろと言っても無理だろうが、ネットにも出てるよ。家に戻れば、プリントしたものもある。いやいや、僕も馬鹿だな。ネットに出てるんだから、ここでスマホでも見られるよな。ちょっと待ってくれ、検索してみるから」

私はポケットからスマホを取り出し、トマス・ゲインズバラの名前を検索した。私の知るあの絵が載ったサイトはたやすく引っかかった。しかし、その画面を小ポメに見せようとして戸惑った。見せたところで理解できるものなのか。もし理解できたなら、どんな反応を示すのか。少なからずショックを与えてしまうのではないか。私自身もその絵にあるポメラニアンを見たとき、かなりの衝撃を受けたのだ。相貌が醜悪というわけではないが、とにかくいまの姿とあまりにもかけ離れているからだ。——と、驚いたことに、傍らで横になっていた小ポメが、足腰の衰弱も忘れたように待ちきれないとばかりに身を乗り出してきた。その視線が好奇心や不安、恐れで千々に乱れているのが、私には手に取るようにわかった。私の太腿に前足を乗せると、必死に鼻先を押し付けて、私の手からスマホを振り落とさんばかりだった。

「わかった、わかった。見せるから、少し落ち着けよ」

あまりの容貌の違いにショック死でもされたらと、頭の片隅でそんなことまで考え、一拍置くことで少しでも冷静さを取り戻させようとした。さしあたり私にできるのはそれくらいで、あとはスマホの画像を見せて、反応がどうあれ、それ以上は薄情ながら私の知ったことでないと開き直るしかなかった。

「これだよ。別の犬と思ったほうがいい。そうじゃなくても大抵のものは、何世紀も経てば大なり小なり変わるものだから」

気休めのようなことを言いながら、スマホの画面を小ポメの鼻先まで近づけた。どれほどの距離なら、あやつの視界にしっかり収まるのか、相手が犬では見当もつかない。すると、小ポメは自ら鼻先が画面にくっつきそうなほど間近に寄って、私の手にするスマホを食い入るように見つめた。

わずか数秒。あとはソファーの上で一歩遠のくと、明らかに全身をこわばらせた。視線はすでにスマホの画面を離れ、焦点なく宙を泳いでいる。好奇心はもちろん、恐れの類いすら失って、あらゆる感情をなくしてしまったようだった。

「おい、しっかりしろよ。だいたい想像がついていたんじゃないのか？」

私の言葉に、小ポメはほとんど間を置かず、我に返ったように応じた。

「想像するのと、実際に見るのじゃ、わけが違う。たとえ薄ぼんやり見えていたものだったとしても……。オレの中に降りてきている遠い昔の仲間だって、姿まで見せてくれてるわけじゃない。姿あるものじゃないんだ。もちろん、自分なりにあれこれ想像してはいたさ。こんな姿かとまったく思わなかったわけじゃない」

動揺のせいか、小ポメの言いようはいささか支離滅裂に思えた。ある意味で想像の埒内だったのか、それとも想像とはまったく違っていたのか、どちらとも測りかねる返事だった。

「でも、あんたのおかげもあって、オレの犬種が祖先の代からどんなふうに人間に扱われてきたか、わかった部分もある。そこは感謝すべきだし、それでもなお人間を許せない思いもある。けれど、大半の人がオレたちをより可愛がろうとするためだったってことは理解できる。愛情と欲望が表裏一体だっていうことも――。すべて納得とはいかないにしても、何よりオレ自身に限れば、幸せな一生を送らせてもらったと思ってる。同じような気持ちで死んでいったやつも、きっと数知れずいたんだと思う。これでオレも、あんたらの言う〈悲しみの動物〉らしく一生を終えることができそうだ」

私が犬について常々考える〝喪失の悲しみをもたらす動物〟というテーゼを、小ポメの前で漏らしたことが、いままでにあっただろうか。一度くらいは何かの折に口にしたかもしれないし、心のうちでは何度も思い起こすことがあったのは確かだった。いずれにせよ、犬に関するそんなテーゼを、小ポメはいつの間にか私から読み取っていた。小ポメはすでに十七年を生き、ポメラニアンの平均寿命をとうに超えた長寿の域にあるとはいえ、このさき十年も二十年も生きるはずはない。そう考えれば、小ポメは依然として〈悲しみの動物〉にほかならないのだ。もっとも、小ポメからそんな達観した言葉を告げられると、こちらも最後通牒を受けたような、なぜかはかない気分になる。

「急に情けないことを言うんだな。返事のしようもない。誰も知らないお前さんの一面をちょっとばかり知ったつもりでいたから、普通の犬とは違って、鶴や亀くらいには長生きするのかと思っていたよ」

冗談まじりに言ったものの、口元の笑みは淡雪のようにむなしく消えていった。仕方ない、それが自然の摂理というものだ——と、私は自分に言い聞かせるように声に出さずに呟いた。

「これ以上長生きしたら、みんな困るだけだろ。いまだってずいぶん迷惑をかけているのは、自分でもよくわかってる。でも、これだけは黙っていてくれよ。オレがあと数カ月の命だなんて、ママにはぜったい言わないでほしい」

「言うわけない。しかし、あと数カ月とは、ずいぶんはっきり言うものだね。自分の寿命なんて、そう簡単にわかるものじゃないだろ。命あるもの、あすをも知れぬ身だし、逆に想像以上に長いかもしれないじゃないか」

自分だけが小ポメの死期を胸にしまっておくことなど、ごめんこうむりたい。それが単なる推測に過ぎないとしても、数カ月と言われてはやはり平然としてはいられない。とはいえ、知っておけるものは知っておいたほうが心の準備もできようものだ。小ポメの死期を頭に置いておくことで、それまでに何かできることがあるかもしれない。いや、やはりこれ以上は安請け合いなどすべきでないのだ。もはや私にできることなどないに等しい。

「お前さんの言うとおり、本当にあと数カ月というなら、少しばかり言い訳めいたことを言わせてもらってもいいかな」

どうしてそんなせりふを吐いたのか。おそらくは、こうして小ポメと交感するのもこれが最後だという頭があったところへ、あやつ自ら言う余命の短さによって思わず湧いた感慨が加わったからに違いない。いわばそれは、旅立つ者への餞《はなむけ》でもあり、残る者からすれば埋め合わせめいたものでもあった。

さして興味を引かれたふうでもない、煮え切らない空気を小ポメから感じたが、構わず続けた。

「何度も言うように、いまの僕にはお前さんに報告できることなど何もない。それでも耳に入ってくることはいろいろあって、さすがに無関心ではいられないんだ。お前さんも知ってのとおり、いまは空前のペットブームでね。飼育数で猫が犬を上回ったとか、そんな推計も話題になっているけれど、裏を返せば、それだけ犬は今日に至るまで愛され続けてきたということさ。ただ、そんなペットブームもあって、テレビや新聞、雑誌などのメディアでもペットの話題には事欠かない。もちろん楽しい話ばかりじゃない。ペットビジネスの矛盾や課題はいまに始まったことじゃないし、ますます複雑で深刻化している。そういう話を耳にするたび、お前さんの顔が浮かんできて簡単にはスルーできなくなる。まあ、その程度のレベルでは気にかけているっていうことさ」

「ほんとに言い訳を聞かされてるみたいだな。でも、あんたが知り得たそのへんの話を、この際だから聞かせてもらおうじゃないか。最新の情報なら、冥途の土産にはなるかもしれない」

「まったく嫌味な言いようだな。まあいいさ。どうせこっちも、思い出せることを並び立てるのがせいぜいだから。じゃあ、まずは飼育放棄とか殺処分あたりの話からかな。でも、長いこと解決されず、残念ながらこの先も完全には解決されそうにない問題だから、何をどう言えばいいのやら。悪いのはすべて人間だし、社会問題になって久しいというのに、いつまで経っても、業界が本気で自浄作用を働かせようという動きが見えない。そこが一番の問題だね。とはいえ、犬猫の国内の殺処分数はこの十年間で六分の一ほどにまで減った。それでもまだ年五万匹を超えているわけだから、とても喜べるような状況じゃない。これからも着実に減っていくとは思うけど、誰もが納得できるレベルにまで行き着くには、まだまだ時間がかかりそうだ。犬と猫の内訳はというと……いや、この話はこれくらいでやめておこう。猫より犬のほうがかなり少ないとだけは言っておく。それから最近は、ペット業者の繁殖・飼育方法に数値規制を導入しようという機運が高まっている。いわゆる〈アニマルウェルフェア〉と言われるもので、近い将来、ひどいケージ飼育などに法規制が適用されると思う。適用されたと過去形で言えないのが残念だけど、これはちょっと前向きな話だろ。殺処分の問題などにも通じる動きだろうし。逆に、ペットの遺伝性疾患というやりきれない問題も起きている。そういえば、お前さんも前にちらっと言っていたんじゃなかったかな。どこで耳にしたのか知らないけれど、とにかくこの問題の背景には、犬や猫を近親交配して固定化してきた歴史があって、そのせいで遺伝性疾患を発症するペットが増えているそうだ。それで遺伝子検査がこのところ顕著に行われるようになっている。単一の原因遺伝子が特定されていて、検査方法が確立していれば予防が可能とも言われるけれど、すべては人間の都合だからね。いつになっても懲りないと、またお前さんに怒られそうだな。あとはそう、ペット信託なんてものも最近になって登場した。飼い主のもしもの時に備えた商品で、あらかじめ老後の飼育資金の確保や積み立てなど、飼い主が病気や長期入院をしたり亡くなったりしたときに、ペットが安心して暮らせる場を確保する仕組みだという。これも人間に都合のいい制度と言えばそれまでだけど、それで救われる動物がいるとすれば、お前さんたちペットにとっても悪くない制度じゃないか」

ここまでは我ながら驚くほど滑らかに、記憶をたどりながら話題を並び立てることができた。それでいて、ほかにまだいくつか覚えておこうとしたことがあったはずだが、なぜか記憶の糸がぷっりと切れていて、まったく思い出せなくなっていた。しばし記憶を手繰り寄せようとしたが、そうこうするうち、小ポメのほうが先回りするようにこう言った。

「もういいよ。こっちも一度にそんなたくさんは覚えてられない。冥途の土産には十分すぎるほどだ。悲しいかな、年を取って耄碌するのは外見だけじゃなくてね。頭に入らないことが最近、ずいぶん増えてきた」

考えてみれば、この私にしても若いころの記憶力とはずいぶん違う。頭の回転も下降線をたどり始めている。今回、覚えておこうとした話題のいくつかを思い出せなかったのも、その証左かもしれない。常識的には小ポメよりまだ先は長いだろうと思いつつ、意外なところで衰えは他人事でないと気づかされた。それより何より肝心の小ポメはといえば、すでに外見上は変貌を遂げているふうにも見えず、交感の時間はとうに過ぎたとでもいうように弛緩した顔をしている。何世紀も前の絵画にあるポメラニアンの容貌にショックを受けたことなど、もはや記憶にもないようだ。とはいえ、このまま疲れて眠りでもしてしまうかと思いきや、私の膝を前足で控え目にカリカリ引っかいて、ソファーから降りたいと訴えてきた。水でも飲みたいのか、用を足しにでも行きたいのか。

「わかった、いま下ろしてやるよ」と、そっと小ポメを抱き上げた。それにしても、その体の何と軽いこと！　元気なころは優に三キロ半ほどあったが、いまはどれほどか。腫れ物に触るように、何かにつけ気を遣う。抱き上げた拍子に、ガタがきている体にまた痛みが走らないとも限らない。幸いキャンとも言わず、私の手から離れると、よろよろとキッチンのほうへ歩いていったが、姿が見えなくなればなったで何をしているのか気にかかる。勝手知ったる自分の住処なのだから、以前ならそんな心配もしなかっただろうが、いまの小ポメではやはり放っておけない。ソファーから立ち上がり、こっそりキッチンを覗いてみると、専用のボウルで水を飲み終えた様子で、その足で近くのトイレに入ると、私の視線に気づいたのか、こちらを振り返りながらどうにか踏ん張って用を足している。どこか恥ずかしげな表情なのが昔と変わらず、情けなくも愛らしい。それでもいまは何をするのもきつそうだ。あまり見ているのも気が引けて、一足先にソファーへ戻ると、今度はどんな顔で帰ってくるのか気にかかる。すっかり普段の小ポメに戻っているか、それとも一息ついて、逆に変貌の度合いを増している可能性もないではない。私自身、どちらを期待しているとも知れないが、このまま交感の時が終わりではいかにも物足りない。思い出せないことはもう諦めるしかないし、言うべきことはおおむね吐き出した気もするが、これが最後の交感かと思うと、やはり締めくくりは体の衰えの話などでなく、もう少し記憶に残るものであってほしい。とはいえ、気の利いた締めくくりとはそもそもどういうものなのか、具体的に思い描けていたわけではない。

「それにしても、あと数カ月とは何の根拠があってだ。いい加減なことを言ってもらっちゃ困る」

小ポメの変貌具合を見極めるつもりもあって、何気なく呟いた。キッチンから戻ってきたその姿から小ポメ変貌の度合いをすぐさま推し量ることなど所詮不可能で、どうすればそれが気の利いた締めくくりにつながるのかも見当がつかないが、もちろん何らかの反応を期待せずにはいられなかった。

「いや、でもな、オレの命は数カ月……」

小ポメは私の言葉など気にするふうもなく抑揚なく言うと、もうソファーに上がりたがりもせず、長テーブルの下の、お気に入りの円形のペットベッドにおとなしく入り込み、伏せったまま、どこか安堵したように三白眼で私を見つめた。私に何か問いかけてほしいと訴えているようでもある。あるいは、おのれの寿命についてもっと突っ込んで訊いてほしいとでもいうのか。しかし小ポメ自身、自分の死期についてこれ以上何がわかるというのだろう。数カ月とは一カ月や二カ月ではなく、かといって一年であるはずもない。常識的に考えてわかるのはその程度だし、私としてはそれでもう十分だった。何月とか何日とか具体的に言われたら、そのときを見据えて少なからず身構えてしまう。しかも、それを私だけが知っているというのも、それはそれでしんどいものがある。にもかかわらず、こちらが尋ねたわけでもなく、また聞きたいわけでもないのに、小ポメはぽつりと、それでいて発音だけは明瞭にこう言った。

「きさらぎの、望月のころ……」

一瞬、耳を疑った。小ポメが自らの死期をそんなしゃれた言葉で表現するとは……。それにしても、きさらぎの望月とは、さて、いつだったか。小ポメがそんなフレーズを知っていることにも驚いたが、同時に、あやつがいまだ変貌状態にあることもまたはっきりした。その聞き覚えあるフレーズが何であるかを思い出すのに、さして時間はかからなかった。そう、西行の、あまりに有名なあの歌ではないか。

〈願わくは花の下にて春死なんそのきさらぎの望月のころ〉

西行がこの歌のとおり、きさらぎの望月のころに亡くなったことはよく知られている。花とは言うまでもなく桜であり、きさらぎの望月とは、釈迦が入滅した陰暦二月十五日の満月。西行はその翌十六日に亡くなった。ひたすら真剣に願えばどんな願望も叶えられるということを、西行自ら実践したに等しく、多くの人がこの歌に惹かれるゆえんもそこにある。とはいえ、よくよく考えてみれば、きょうはすでに三月初めで、二月十五日はとうに過ぎている。いったいどういうことなのか。そう言えば、この二月十五日は旧暦で、新暦では確か三月中旬から下旬にあたるはずだった。となると、小ポメの寿命は長くみてもあと一カ月ほどではないか。とても余命数カ月とはならないし、かといって来年の三月であるとも考えにくい。しかし、そのへんは少々曖昧なままであるほうが、私としては気が楽だった。小ポメは西行の歌にかこつけて口から出まかせを言っただけかもしれないし、たいした根拠もなく数カ月などと言って、私の気を引こうとしただけかもしれない。それならそれで結構。繰り返しになるが、むしろそのほうが私も身構えずに小ポメの一生を最後まで見届けられるというものだ。

とはいえ、見届けるといっても、私がその場に立ち会う可能性は少ないだろう。実家にいる小ポメと同居しているわけではないし、間違いなく立ち会う可能性が高いのはまずもって母であり、あるいは父であるはずだ。もちろん、身近で愛してくれた人に見守られて逝くのが何よりの幸福であるには違いない。私の出る幕などなくて構わない。それでも私が母とも誰とも違うのは、くどいようだが、小ポメの知られざる一面を知ってしまった点に尽きる。きょう生涯四度目の変貌を目の当たりにして、少々息苦しい時間を共有したことで、私はますます自分の特異性を身に染みて感じることになった。小ポメとの知られざる事実はこの先、どのように記憶されていくべきなのか。そもそもが、いつまでも記憶されるに足るべきものなのか。いわばその場かぎりの、一過性にして、幻想まがいの体験が何度か繰り返されただけのことで、私の頭の中にだけ仕舞っておけば、それで十分なのではないか。少なくとも私には、そのほかの記憶の保存法など何ひとつ思い浮かばなかった。

気がつけば、これまでの変貌と同じく時が経つのは瞬く間で、はや日も傾きかけていた。このところ急に日が延びてきたというのに、雲行きまで怪しくなっていた。天気が下り坂とは聞いていたが、どうやら予報が的中しそうだ。あす父は旧友とゴルフへ出かけるはずだが、この分では晴天の下でコースを回るのは期待薄だろう。とはいえ、多少の荒天ならプレーは決行される。母のほうは、天候の良し悪しなど関係なしに、すでに行きの車中で話に花が咲いているに違いない。さんざん息子の自慢話なぞ聞かされて憤慨して帰ってきたことも過去にはあったが、いまではそんなこともすっかり忘れているようだ。加えて、熱のこもったおしゃべりの最中に、家に置いてきた小ポメのことなど眼中にありやなしや。いや、ないはずはない。いついかなるときでも、いまの母なら頭のどこかに小ポメの面影がちらついているはずだ。もちろん、母がそれをどれほど意識しているかは別としても。

そんな呑気に遊びまわっている人たちの代わりに留守を託された私や妻は、小ポメを守る責任から逃れられない。もし仮に、小ポメの容体が両親の留守中に急変でもしようものなら……。まさかとは思いつつ、小ポメの老いはそれほど進んでいたし、数カ月というあやつの言葉もどれほどあてになるのか定かでない。数カ月は文字どおりの数カ月であってほしいが、そうでなかったとしても最低限、数十日、せめて十数日ではあってほしい。それでなくても今回の母の不在で、小ポメには想像以上の不安や心労がのしかかっているはずだ。情けないことに、私も小ポメから〈きさらぎの望月のころ〉などと暗示めいたことを言われて、しばし二の句が継げない状態に陥っていた。――と、ちょうどそのとき、妻が携帯で、夕食の支度が出来たので「そろそろ交代するわよ」と言ってきた。これから妻は私に代わってあすまで――途中でいっとき家に戻るくらいのことはあるかもしれないが——実家で小ポメの面倒を見なければならない。小ポメも変貌から脱して日常に戻れば、間違いなく私などより妻のほうが好ましい付き添いだと感じるに違いない。幼犬のときからいまに至るまで、妻は小ポメにとって母の次ほどに好きな人物であり続けている。老いてなお愛らしい小ポメとして、今夜は妻に母の分まで甘えることだろう。

「じゃあ、そろそろお前さんの好きな人と交代するよ。といっても、ママじゃないからな。お気の毒様だが」

私の言葉ももう通じまいとは思ったが、それでも小ポメに言葉を投げた。持参したものの開くこともなかった文庫本をクラッチバッグに仕舞い、帰り支度というほどでもない支度をした。小ポメからはもはや変貌の名残りも見えず、あやつは私のことなど目に入らないように、あさってのほうを向いたままだった。小ポメの身に舞い降りていた祖先の霊だか魂だかも、すでに天上へ帰還してしまったようだ。それから数分して玄関のチャイムが鳴ると、小ポメは瞬時に耳をピンと立てるや、我を忘れたようにベッドマットからよろよろしながら飛び出して、一目散に玄関へ向かい、昔とは程遠い低いかすれ声で興奮ぎみに吠え出した。とはいえ、妻からの電話で彼女が来るとまでは理解できていなかったと見えて、母が帰ってきたのではと思ったらしく、あふれんばかりの喜びが体調も何も忘れさせたかのようだった。玄関から入ってきたのが母でなく妻であることに、一瞬だけためらいと落胆の色を見せたが、次の瞬間にはその落胆をこの上ない歓喜に変えて妻の来訪を歓待した。かつてのように喜び勇んで狂ったように走り回るまでの元気はさすがになかったが、それでも必死に尾を振り、健気に全身で喜びを表そうとしている。そんな変わり身の早さは、変わらぬ愛玩動物の本能と言うほかない。私は小ポメから解放される安堵もあって「じゃあ、あとは頼むよ」と妻に言い置き、そそくさと実家を出た。

外に出て、いまにも降り出しそうな曇天を仰ぐと、意外な思いが立て続けに頭をもたげた。家に入ってきたのが本命の母でなく二番手の妻であっても、小ポメはどうしてあれほど無心に喜べるのか。かくも年老いてなお、あれほど過剰で純粋な愛情を示せるエネルギーは、いったいどこから生まれてくるのだろう。名前は忘れたが日本の劇作家が、自分の愛犬についてこんなことを言っていた。これほど日々喜びにエネルギーを費やしていたら命が短くなってしまうのではと心配になってしまう、と。まさにそのとおりで、本来ならそれは母に対する小ポメの態度から気づかされるべきものなのに、このタイミングで、しかも妻への態度から思い知らされるとは、我ながら不思議でならない。湿気を孕んだ冷ややかな風を頬に感じながら、自らに嫌悪感すら覚えていた。そんなことを考えること自体、余命わずかという小ポメの言葉を裏打ちするもののような気がしてならないからだ。さらにもうひとつ、自宅に着いて書斎に入るや、こんな確信めいた思いがはっと脳裏にひらめいた。そうか、余命数カ月にして〈きさらぎの望月のころ〉というあの暗示めいたせりふこそ、おそらく最後の変貌の時を締めくくるにふさわしいものだったのではないか。いまの小ポメにとって、おそらくは精一杯の――。どうしてそのことに気づかなかったのか。あのときすぐに気づいていれば、逆にこちらからもあやつに何か気の利いた言葉のひとつもかけてやれたのではないか。いずれにせよ、まだ何十分も前の話ではないのに、いまでは迷わず、変貌の時を締めくくるにこれほど気の利いた言葉も、そしてこれほど幕引きにふさわしいせりふもないように思われた。

そんなふうに考えが及ぶと、自分にはもはや、小ポメに対してすべきこと、やり残したことはほとんど何もない気がした。この先やるべきことがあるとすれば、小ポメの余命に関して口をつぐむこと、その残り時間を少々離れた場所からであれ見守ること――その二つくらいしか思い浮かばなかった。そもそも小ポメの余命にしても、はっきりした裏付けがあるとも思えない以上、誰にも口外すべきではないのだ。たとえ母から小ポメの余命について訊かれたとしても、だ。そして、私がその二つのことを心して過ごす日々が、きょうこのときから始まったことは疑いようがなかった。

なぜかその夜は、小ポメに関して長いこと頭のどこかで引っかかっていたいくつもの命題から解放されたような、安堵の気分に浸っていた。五郎先生による弥七田織部の三つ足香炉は相変わらず私の味方だし、香炉の内側を覗くまでもなく、いつもどおり優しく励ましてくれる。小ポメ四度目の変貌に遭遇した夜にしては、思いのほかのんびりと時を過ごせた。わが家の子どもたちもそれぞれ何かに没頭しているのか、珍しく家じゅうが静寂に包まれている。外は雨模様だが、柔らかな雨というのか静けさを際立たせる穏やかさで、聞こえるのはぽつぽつと樋《とい》を伝って流れ落ちる雨音くらいだ。寝際には久々にボルヘスの『砂の本』を取り出して表題作を読み返してみた。最初のページからどこを何度開いても、表紙と指のあいだから何枚ものページがとめどなく湧き出てくる〈砂の本〉。そんな本が現実にあるなら、今夜ばかりはそんな特異な豊饒さの中に身を任せてみたかった。あと何十日か何カ月か、どのみちそう長くはない余命を示して、あやつなりに精一杯、永遠というものの持つ意味を私に教えようとしたのではないか。この世に永遠など何ひとつ存在しないと信じてきた、天邪鬼の私にまでも……。小ポメの余命の短さは、永遠という無限の長さと相対するのでなく密接に結びついている、とでも言えばいいのか。もしそうだとすれば、小ポメの上に舞い降りてくる祖先の霊だか魂だかも、果てしない永遠の一端を感じさせずにはおかない。〈砂の本〉の中にも、こんな一説がある。

〈無限の連続の終極は、いかなる数でもありうることを悟らせる〉

それから朝まで、妻が実家でどのように小ポメと過ごしているのか、ぼんやり思い描きながら浅い眠りに落ちていた。やはり心のどこかで少なからず気にかかっていたのだろう、熟睡とはいかず、意識は明け方までうつろなベールに覆われていた。妻から何の連絡もないところをみると、とくべつ問題なく過ごしているのだろう。一夜をまたぐ長丁場の母不在では小ポメも普段のように安眠しているとは思えず、逆に妻のほうが短時間でもソファーで眠りこけているのではないか。どちらかといえば神経質な私よりそうした芸当は得意だろうと、勝手に思い込んでいた。翌朝六時ごろに妻は戻ってきたが、帰宅の音を眠りの中で聞きながら、さらに三時間ほどもうつらうつらしていた。休日の朝にいぎたなく床を離れないのはいつものことで、九時過ぎに起きると、妻はとうに日常モードだったが、私の予想とは違って、その表情には疲れの色が見て取れた。やはり実家では、私が思うほど図太く熟睡などできなかったようだ。申し訳ない気にもなったが、訊けば「別に大丈夫よ」と、いつもどおり気丈だった。それでもなお、妻のことを気にかけるより先に、小ポメの話を優先させた。

「リラのやつ、あまり寝なかったんだろうな」

「仕方ないわね。どうせ私じゃ、お母さんの代わりにはならないから。でもその分、きょうはよく眠るんじゃない」

「いまごろぐっすりかもな。誰もいないほうがかえって落ち着いていたりして」

「犬舎に入れておけば、夕方戻るまで一度か二度覗けばいいって言われてるから、午後にでも行って様子を見てくるわ」

どうしてそのとき、自分が覗きに行こうと思わなかったのか。きのうのきょうで小ポメのことはもううんざりというわけでもなく、ただ私の中で、小ポメ変貌の機会はきのうをもって完結してしまった気がした。変貌のたび一方的に宿題を課せられるばかりで納得いく成果はほとんど上げられなかったと言うほかないが、それでも小ポメの変貌についに終止符が打たれた思いだった。それも、いまとなってはものの見事に――。とはいえ、これまで小ポメから与えられたいくつもの課題に区切りがついたかといえば、そんなことはなく、それらは依然として未解決のまま、おそらくは小ポメがこの世から消えたのちも何らかの形で自分が背負い、言い換えれば悩まされ続けるに違いなかった。これから先もそれらの課題を思い起こしては、小ポメの面影を傍らにちらつかせながら、その答えに一歩でも半歩でも近づこうと四苦八苦することになるのだろう。それは、小ポメが実家で飼われ、おそらくは私の前だけで変貌を遂げた事実のもとでは、ある種の宿命として致し方ないことと、いつの間にか考えるようになっていた。もちろん、一方的に白羽の矢を立てられたことには理不尽な思いも変わらずあって、未解決だらけの課題にこの先どれほど真摯に向き合っていくかということとは別問題だったが。

両親は午後五時ごろ帰宅した。あいにくの天気でもゴルフやランチなどの日程は予定どおりこなしてきたようだ。帰宅してまもなく、留守を頼んだお礼の電話が母から妻へかかってきた。

電話を切ると、妻は苦笑気味に私に伝えた。

「リラは大丈夫そうよ。まだ興奮冷めやらないみたいだけど」

「お決まりの儀式が目に見えるようだな。でも、あのご老体だから、興奮しすぎてぽっくりいかれちゃ、それも困る」

「お母さんも言ってたわよ。こんなに弱ってから、家を空けるなんてかわいそうなことしたって」

妻は表情を変えずさらりと伝えたが、私は頷いたきり返事をするのも馬鹿馬鹿しかった。それでいて心の中では「確かにそのとおりだ」と、複雑な思いで母の後悔まじりの言葉に同意していた。なぜといって、小ポメ自身の言葉を借りれば、短くて〈きさらぎの望月のころ〉、長くてもあと数カ月で、あやつの命のともしびは消え失せようとしているのだから……。

14

［2022］

自分なりに一つの区切りまで物語を語り終えたつもりだったが、相も変わらぬ遅筆のせいで、いま現在はと言えば二〇二二年に突入していた。考えてみれば、書き記してきた物語の内容自体、そう月並みでもないはずだが、二〇二二年の世情は、小ポメが生きていたころと比べようもないほど不透明だった。とにかく令和に入ってからというもの、ネガティブな話題ばかりで、ポジティブな話題はあまりに乏しい。東京五輪というトピックも、どうにか開催できただけで良しとしなければならず、開催すればしたでいっときの熱狂や感動が生まれはしたものの、それはひと夏の恋と同様、すでに過去のまばゆい記憶でしかなかった。現実に戻れば、来る日も来る日も以前と変わらぬ窮屈で息苦しいコロナ禍が続き、この忌まわしいCOVID19は、二年以上経ったいまなお変異を繰り返しつつ、私たちの社会生活をむしばんでいた。その執拗な邪悪さにおいて辛うじて現代人の視界に入る前例は約百年前のスペイン風邪ぐらいだろうが、それすら時代も環境も科学も何から何まで違うのだから、一概にどちらがどうと比較できるものではない。ただ、いまだにCOVID19を駆逐できずにいる以上、やむを得ず共存の道を歩もうという動きが昨年来、徐々に高まりつつあった。それもこれも、所詮はどうにもならない諦念からくる妥協の産物と言われればそれまでだった。二〇二二年を目前にしたときには「次こそいい年に！」などと真剣に願掛けたりしたが、残念ながら、その願いがかなう気配はいまのところ露ほどもない。感染者数や死亡者数が日々報じられても正直、以前ほどの関心は抱けなくなっている。きょうまで自分が感染を免れている幸運には感謝するほかないが、罹患すれば、とうに私も軽症で済む若年世代ではない。どうせならマスクは衛生用や医療用でなく、舞踏会などで使える仮面のマスクであってほしい。そうなれば、私の好きな英ロックバンド、ヴァン・ダー・グラフの名曲「MASKS」も、きっと自然発生的に私の中で鳴り出すだろう。もちろん、この一九七六年の楽曲にピンとくるのは、ごく一握りの数寄者に限られるだろうが。

さて、このあたりでそろそろ時空を分かたず話を進めたい。ひとつには、物語の中の時間とその物語を記しているいま現在の時間とが、かなり狭まってきたことがある。二〇一八年と二〇二二年。

私の遅筆による弊害はさておき、どうにか小ポメの生涯の大半を——実質的には四度の変貌を中心に、そこだけはできるかぎり念入りに——描いてきたつもりだが、その結果、あやつの最晩年が過去というにはつい最近のように思えるところまできた。変貌時以外の、ごく普通の愛玩犬としての日常は、さらりとありのままを点描したに過ぎず、変貌時と対比して両者の違いが際立ちさえすればそれでよかった。もうひとつには、私の中で物語の区切りまでどうにか記したという思いがあって、残すは〝エピローグ〟のようなものだった。ただ、それこそが文字どおり物語の締めくくりとして重要で、二〇一八年から二〇二二年までの間に、私なりに知り得たこと、感じ得たことを、最後まできっちり記しておかなければ、この物語を納得のいく形では終われない気がするのだ。もちろん何度も言うように、この先もたやすく忘却の河に流せない課題が山積したままであり続けるには違いないが……。

そして、この〝エピローグ〟に描こうとする内容の大半が小ポメ昇天後のものであることを、まず断っておかなければならない。——それは、二〇一八年四月二十一日。小ポメは、四度目の変貌を遂げた三月初めから二カ月も経たないその日に息を引き取った。この物語の冒頭で書いたように、かかりつけの動物病院の待合室で母の腕に抱かれて……。そのときの状況を、私はいまも詳しくは知らない。母に小ポメの死にざまを事細かには訊くに訊けなかったし、訊いたところでさしたる意味があるとも思えなかった。状況がどうあれ、小ポメにとって最愛の母の腕の中で息絶えたという事実以上に、いったいどんな幸福があるだろう。私たち家族はその日、家を空けていたこともあり、知らせを聞いたのは当日の夕刻だった。愛玩動物とはいえ、それなりにやるべき手続きがあったのだろうし、母にしても、小ポメの死がそう遠くないと覚悟していたにせよ、やはり現実の前では精神的なダメージが少なくなかったに違いない。「仕方ないわ。覚悟してたし……」と、電話の声は思いのほか淡々と聞こえたが、あるいは喪失感の果ての口調だったかもしれない。その口調の中には、長いこと病弱で手を焼かせた小ポメから解放された安堵も混じっていたように思う。いまはそっとしておくほうが賢明な気がして、あえて実家に駆けつけることもしなかった。

その翌日、小ポメはペット霊園で茶毘に付されたとのことだった。私はそこにも立ち会わず、事後処理は両親に任せておくことにした。自分の出る幕ではない気がしたし、母たちが弔おうとしているのは、老いて手こずらせはしたものの、可愛いばかりの小ポメには違いないのだから。ひとつ屋根の下で暮らした者とは、やはり私たち家族は違う。ときどき実家へ行ったとき無責任に可愛がるだけの私たちとは――。私だけが小ポメの秘めたる一面を知る者とはいえ、そんなことであやつに過剰な親近感を抱けるわけでもない。母も含めて他の誰より、小ポメとつながる奇妙な糸が私に伸びていたのは確かだとしても、それは親密さとは異質の、名状しがたい種類の連関だった。もちろんそれは私が望んだものではなく、一方的にもたらされたまま、重しのように私の上にのしかかっていた。もはや文句を言う相手もいないいまとなっては、気重でもあり、どこか消化不良ぎみでもあった。

振り返れば、その去りようたるや何とも思わせぶりで、余命告知の方法も誠実なのかどうかわからない。昇天前に余命いくばくなどと意味深長な言葉を残したうえに、実際には〈きさらぎの望月のころ〉でも〈数カ月後〉でもない、その中間の微妙なタイミングで息を引き取ったのだ。小ポメ自ら口にしたその余命が半ば的中し半ば外れたことで、私はあやつの死後、からかわれたような、弄ばれたような、釈然としない思いを抱えていた。けれど、そんな複雑でねじれた思いを、私は母の前でも誰の前でもおくびにも出さなかった。それでなくても、母は小ポメが死んでしばらくのあいだペットロスに陥っていた。あれだけ溺愛していたのだから無理もない話で、前々から心配していたことでもあったが、それでも日常生活に支障が出るほどでなかったのは不幸中の幸いだった。はたから見るだけではその傷の度合いは測れないし、時による癒しに期待してみたところで、そんな単純なものでもない気がしたが、半年、一年と経つうちに、母も少しずつペットロスから抜け出しつつあるようだった。それでも、母は小ポメの死によって数年、年を取ってしまったように見えた。そもそも年齢が年齢だから、それなりのダメージを受ければ老けが進んでも不思議はないが、一方の父はといえば、これ幸いというわけでもなかろうが、小ポメの死から何カ月も経たないうちに「じゃあ次を飼うか。猫でもいいぞ」と、相変わらずの能天気ぶりだった。逆に母は「あんな苦労はもうこりごり」と、父の言い分にも耳を貸さず、その部分では夫婦間で多少の波風が立つこともあった。母にとっては、小ポメがオンリーワンにして人生最後のペットとしか考えられなかったのだろう。ライフサイクルの違いによる、人間と犬との寿命の不一致については、これまで何度も触れてきたが、またも仏作家ロジェ・グルニエのエッセーに出ていた彼の知人の一件が思い出される。それは、齢《よわい》九十五を数えるシモーヌ夫人のアネクドートで、わが身の年齢も考えず、愛犬が死んだ途端に平然とこう電話してきたという。「別の犬を手に入れたいのだけれど、どこか連絡先をご存じないかしら?」。自分の父親もシモーヌ夫人と同等の楽天主義者としか、私には思えなかった。

小ポメが死んだ翌週だったか、母の顔を見に実家へ寄った気がするが、はっきり記憶にないところをみると、寄ったとしても、そう憔悴しているようには見えなかったのだろう。はっきり覚えているのは、それから少しして小ポメの骨壷が母の部屋の――それは小ポメが日常の大半を過ごし、私に変貌の姿を見せた場所でもあるが――戸棚の上に置かれていたことだ。小型犬の骨壷なら必然的に小さいことを知ると同時に、骨袋に入れられていないその骨壷がひどく貧弱に見えた。「何だかずいぶんちゃちだな」と遠慮なしに言うと、母は事もなげにこう返した。

「珪藻土《けいそうど》で出来てるそうだから、とても軽いのよ。でも、これはまだ仮のもので、これからちゃんとした骨壷が出来てくる。ちーちゃん用のを、ちゃんと注文してあるから」

珪藻土とは確か、珪藻という藻類の殻の化石による堆積物だった。そんな原料の器と、火葬された子犬の骨とが、何とも奇妙なマッチングに思えた。とはいえ、そのとき私の脳裏を色濃く支配していたのは、小ポメの骨を収めてもなお軽いだろう骨壷のことだった。老いてやせ細った小ポメの骨なら、焼かれて一段と軽いに違いない。私も母もその場では骨壷をそばで眺めるだけで、じかに触れることはなかったが、それまでに骨壷を何度も手にしていたはずの母は当然、肌感覚でその軽さを承知していただろう。それでも、その軽さが中身の遺骨まで含めてのことだったかどうかは、二〇二二年のいまに至るまでついぞ母に訊くことはなかった。

代わりに私はその場で、注文している骨壷がいつ出来てくるのかと母に尋ねた。すると母は、時期についてはいつとも言わず、こう答えた。

「注文といっても既製品だから、そんなにかからないでしょ。安いものじゃないけど、特注とかじゃなく、犬の形をした出来合いのものよ」

実際に私がその犬型の骨壷を見たのは、それから一週間も経たないうちだった。わざわざ見に行ったわけではなく、たまたま別の用事で実家に立ち寄ったとき、おのずと目に入ってきた。目にした途端、私はたじろぎ、それからたじろぐ理由を考えた。けれど、すぐにはぴんと来ないまま、ただ骨壷のほうに目を向けていた。そばには両親もおらず、狼狽したさまを誰にも見られなかったのは、幸いだった。どうしたのかと訊かれても到底、返答できるものではなかったからだ。

一見して立派な骨壷だった。仮物と実物ではこうも違うものかと思った。陶製かと思っていたら大理石製だと、あとで母から教えられた。「八万円もしたのよ」と、訊きもしない金額まで知らされたが、もちろん母は、小ポメに分不相応などとは微塵も考えなかっただろう。大事なちーたんこの終の棲家ならそれくらい当然だと思っていたに違いない。私にはその骨壺の値段や高級感などよりも、骨壺を間近にして、自分がたじろいだ理由にはたと気づいた。気づくと同時に、これほど妙な符合を感じたこともなかった。偶然と言ってしまえばそれまでだが、ときとして偶然にもそれ相応の意味がある。私の目には、その犬型の骨壺が、あの十八世紀の画家トマス・ゲインズバラの描いたポメラニアンと瓜二つに見えた。まだ小型ではなく中型犬だったころのポメラニアン。少なくとも改良を重ねて小型化したいま現在のポメラニアンとも、言うまでもなく死んだ小ポメとも違って、ゲインズバラの絵画から抜け出してきた犬そのものとしか思えなかった。ポメラニアンの起源といわれるスピッツのようでいて、毛並みはサモエド犬のようでもあり、かつてフォックスドックなどと呼ばれた風貌にも近い。中型犬としてとりわけ特異な姿というわけでもないが、いまこれがポメラニアンだと言われても、そう簡単に納得できる人はいないだろう。

その日、私はそれまで味わったことのない不思議な気分で自宅へ戻った。母を含めて自分しか知らない秘密を、またひとつ抱えることになった。しかしそれは、どこか幸福感の混じった安堵にも似た後味のものだった。私はその後味に浸りながら、ボードレールの言う〈犬たちの天国〉に思いを馳せた。小ポメは、あの犬型の骨壺を旅立ちのための衣装としてまとい、自分の祖先のいる天国へ赴いたのではあるまいか。私だけに見せた変貌の最中に、何百年も前の祖先たちが小ポメの上に舞い降りてきたように、今度は逆にあやつが昇天して天上の祖先たちの列に加わったということではないか。またもグルニエによる断章の引用になるが、彼は街角で見ず知らずも同然の男に、死んだ愛犬ユリシーズについて別れ際にこう告げられたのだった。

「ユリシーズはいま、天国でアッシジの聖フランチェスコと一緒ですよ」

となれば、実家の小ポメは間違いなくいま天国で自分の祖先たちと共にいるはずだ。その傍らでは聖フランチェスコが見守ってくれているものと、私は当然のように考えているのだが……。

長々と書き連ねてきたこの物話を締めくくるにあたり、さらに小ポメの死からいま現在までに耳にしたいくつかの話を——大半が挿話の域を出そうもないが——記しておくことにする。この二年半、私たちを悩ませ続けた感染症によって、私たちの生きる世界はすっかり様相を変えてしまったが、そんな折も折、二〇二二年に入って信じがたい出来事に、私たちは直面することになった。厳密にはその呼称すら微妙だが、一言で言えば、戦争。まるで大戦以前の出来事かと錯覚しそうな、時代錯誤にして大義のない侵略戦争が、海の向こうで勃発した。このグローバルな時代にあっては、戦地が海の向こうだろうがどこだろうが、地政学的認識をもってしてもこの事態は到底理解しがたい。しかもその戦争は、一人の独裁者——そう、祖国防衛の国威発揚だけに偏った共感を覚えて、平和思想はいっさい顧みないたった一人の独裁者——によって引き起こされた。トルストイが生きていたら、ひたすら呆れ果てるだろう。正直なところ私には、その独裁者Pは〈親指P〉にもしかず、象徴としてのペニスたるPのほうが生産性においても学習能力においてもよほど秀でていると言わざるを得ない。こんな愚かな戦争が世界のほぼ全域へネガティブな影響を及ぼしつつある中で、物語を締めくくらなければならないことが、私としては恥ずかしくてならないのだ。なぜといって、もし小ポメが生きて現下の事態を知ったら「人間はまったく救いようがない」とののしるに決まっているからだ。けれど、どれほど口汚くののしられようとすべて受け入れるしか弁明の余地がないことを、私は十分すぎるほど自覚している。小ポメの言い分が百パーセント正しく、返す言葉ひとつないことは、どうにも疑いようがなかった。

さて、それはそれとして最後に何を書きつけるか。こまごましたエピソードはここ数年のうちにも山ほどある。たとえば、犬猫の繁殖業者やペットショップの飼育環境を改善して悪質業者を淘汰する動きについては、小ポメの生前にあやつの前で触れたとおり、この六月に飼養管理基準省令として施行された。既存業者に対しては経過措置とされていた、最低面積などの数値規制も同時に適用された。具体的には、犬では二匹ごとに、体長の三倍×六倍の床面積が求められる——などなど。遅きに失したとはいえ、多頭飼育など劣悪環境の改善には少なからずプラスに働くのではないか。そうはいっても、欧米の国のように優良なブリーダーからの直売に誘導していこうとするほどの規制水準には至っていない。殺処分数も二〇二〇年には一九七四年以降で最少となり、犬猫ではこの十年間で十分の一にまで減った。殺処分ゼロにはまだ程遠いとはいえ、減少傾向は着実に続いている。加えて最近では、業者が繁殖に使っていた犬猫や保護犬・保護猫などの譲渡活動に参入する企業や団体も出てきている。昨今の課題としてクローズアップされている遺伝子疾患については、原因がわかるものであれば予防も可能になってきているが、そもそも問題の源が人間の勝手な都合によるものである以上、疾患によっては減少傾向にあるとはいえ、とても胸を張れるような状況にはない。原因遺伝子を持つ親を繁殖に使うのをやめたり、発症する可能性のない組み合わせで交配させたりと泥縄の対策なのだから、小ポメならこんな馬鹿げた話には耳も貸さず、牙をむいて憤慨するに違いない。要は、努めてポジティブな話題を提供しようとすればするほど、それと同じかそれ以上のネガティブな話が次から次へと頭の中に浮かんでくる。昔から連綿と続く未解決の問題があるかと思えば、突然降って湧いたような目新しい話題にも事欠かない。迷子を見つけやすくするために、ペットとして販売される子犬や子猫などへのマイクロチップ装着の義務化もこの六月から始まったが、これなどどうとらえればいいのか理解に苦しむ。獣医師などが注射器のような道具でチップを埋め込むものの、幼い犬猫の体内にうまく挿入できず、体から出てきてしまう例もあるそうだ。まったくペットと人間の双方が納得できる着地点など、そう簡単に見いだせるものではない。そんなこんなでわがままを言わせてもらうなら、最後の最後くらい前向きの話で締めくくりたい。いくら前進しても、前進したそばからこぼれ落ちていくものが後を絶たないのだ。だから何度も小ポメに口を酸っぱくして言ったのだ。いくら選ばれた者などと持ち上げられても、期待外れに終わるだけだ、と。人間がペットについて語ろうとすれば、往々にして自らの愚かさをさらけ出すだけの結果になる。こんな中途半端な形で物語を終わらせようとするのは、天国の小ポメに対して心苦しくて仕方ない。

ただ、いまになってつくづく思うことがある。物語の筆を執った最初のころ、私の耳には漠然と、小ポメの一生を自分とのかかわりにおいて記録しておくよう仕向ける声がどこからか聞こえていたのだ。しばらくはその声に逃げ腰でいたが、結局、抗うことはできなかった。そこには、私が選んだわけでも小ポメに強いられたわけでもなく、いわば主題のほうが書き手を選んでくる力学が働いていたようだった。書くという行為には、ときとしてそういう人智を超えた作用がある。だとすれば、小ポメとの一切合切はなおさら幻のような奇跡に等しい出来事としか、私には解釈の仕様がなかった。

ところで、ほんの数カ月前に公開されたドキュメンタリー映画に、トルコのイスタンブールで自由に生きる野良犬たちを追った作品がある。それによれば、現在のトルコでは野良犬の捕獲や殺処分は違法とのこと。犬は都会で人と共存し、人も犬に優しい。たくましい雌の大型犬が静かな哲学者の風情で悠然と街を歩いているかと思えば、労働者の宿舎で可愛がられ、路上のシリア難民にぬくもりを与える犬たちもいる。絶妙な距離感で人と寄り添うさまざまな犬たち。人と犬の双方にとってこれほど好ましい環境はなく、観ている側も癒される。もちろん、イスタンブールの住民のみならず、監督をはじめとするこの映画に関わった人たちは、この街で過去に起きた忌まわしい出来事を少なからず知っている。映画のテロップにもこうあった。

〈二〇〇四年以降、トルコでは路上動物の殺処分と捕獲を禁止し、いまでは十万匹以上の野良犬がイスタンブールの路上で暮らしている〉

〈現在のトルコは、野犬の安楽死や捕獲を違法とする希少な国となった〉

犬を巡るイスタンブールの現状がこんなふうであることを、私はそこまではっきりとは認識していなかったが、映画を観て安堵したことは言うまでもない。実を言うと、私も小ポメが亡くなったあとになって、トルコ政府が二〇一二年に野良犬や野良猫を集める施設の建設を盛り込んだ法案を提出し、騒動が起きたことはどこかで聞き及んでいた。その法案では、「自然生息公園」と称する保護施設を郊外に建設し、通常の保護施設に収容しきれない野良犬や野良猫を、里親が見つかるまで一時的にそこへ収容するとされていた。その目的はあくまで飼い主のいない動物たちを保護することにあり、保護した動物には快適な生活を保証し、野犬狩りなどを行う予定もないと説明されたが、これに対して動物愛護団体などが抗議活動を繰り広げた。二十世紀初頭に起きた大虐殺事件が記憶に刻まれているトルコの人たちは危機感を募らせ、抗議活動は数週間でイスタンブールから国内各地に広がった。この自然生息公園が強制収容所になりかねないと危惧した動物愛護活動家も少なくなかったという。

この法案が結局どうなったのか、その顚末までは知らないが、このドキュメンタリー映画を観るかぎり、どうやら多くの犬にとっては幸福と言える未来が待ち受けていたようだ。小ポメがそのことを知らずに逝ってしまったのは残念でならない。いや、ひょっとしてあやつ得意の千里眼で見通していたかもしれないが、もしそうであったなら、思わせぶりに私に話していた気がしないでもない。いずれにせよ、もはや死人に口なしで、この世にいない者に――たとえ、それが小ポメであれ誰であれ――何を尋ねることもできはしない。ただ冷静に顧みれば、二〇〇二年当時、小ポメと私とのあいだで問題となったのは、あくまで一九〇九年に始まる二十世紀初頭の大虐殺事件に関してで、この事件のことは、誰もが忘れようと、私は忘れないし、いまがどうであろうと、過去は消しようがない。その時代にも街は善良な犬たちであふれていたが、当時の政府は街の近代化の一環として、街中の野良犬を駆り集め、マルマラ海の孤島へ連れて行き、太陽が容赦なく照りつける島で、食べ物も水も与えず餓死させたのだ。その史実を知る人は、いまも大なり小なりイスタンブールの街にいるだろう。だからこの二十一世紀に、罪滅ぼしのように街ぐるみで犬を大切にしているなどと皮肉を言うつもりはない。今日のありさまだけを切り取れば美談で済まされそうな話も、消しようのない過去の出来事の上に成り立っていることを忘れてはならないし、小ポメも二十一世紀の現状を知れば、私と同じような複雑な気持ちを抱くに違いない。

ああ、気がつけば、物語の締めくくりまできて天国の小ポメに向かって呼びかけている自分がいるではないか！　ポジティブな話題で終わりたいと言いながら、いいこと悪いことすべてをひっくるめて筆を進めるその先には、やはりいまは亡き小ポメの姿がたゆたっているのだ。

次なる最後の最後には、この物語の序盤で記した自らの行動について、円環をもって閉じるかの話を書き留めなければならない。小ポメが最初に変貌という形で私の前に立ち現れたいまから二十年前、私は驚きで右往左往する小心者よろしく、わが家の近くにある貝塚に足を向けたのだ。そう、〈加曽利の犬〉として名高い標本をこの目に焼きつけようとして。縄文人が自分たちと同じように手厚く葬ったことがわかる、博物館に展示された犬の全身骨格が、人と犬とのかかわりにおいて私に安らぎを与えてくれたことを、いまでも鮮明に覚えている。あのとき以来、博物館に足を運ぶことはなかったが、私はこの二〇二二年の鬱陶しい梅雨時期に、原点回帰に似た思いで久々に〈加曽利の犬〉の前に立った。

老朽化の割に長らく建て替えの話が持ち上がることもなかったこの博物館については、二〇一七年に貝塚自体が国の特別史跡に指定されたのを受けて、史跡全体の再整備計画の中で、ようやく建て替えられる運びとなっていたが、それはさておき、老朽化の度合いが現在も二十年前とほとんど変わらず私の目に映るのは、あるいは何千年も前の縄文中期に始まる貝塚の、途方もない時間の嵩の上にあっては数十年など取るに足らないスパンである証左かもしれない。それでいて、そこに関わるスタッフの顔ぶれは当然ながら一新されていた。二十年前に私を案内してくれた初老のボランティアの姿はなく、それより何より私には〈加曽利の犬〉の姿をじっくり見定めて心を落ち着かせることが先決だった。加えて、いまの私にとって最大の気がかりは、〈加曽利の犬〉が将来的に――数年後に予定されるこの博物館の改築後も――これまでと同様、きちんと展示されるかどうかだった。そこで私は、ちょうど近くにいた控え目で温厚そうな中年ガイドに声をかけ、思うがままの質問を投げてみた。すると、彼からは思いのほか明快な返事が返ってきた。

「もちろん展示されますよ。何といっても〈加曽利の犬〉ですからね」

どうしてそこまで断言できるのか首を傾げたくなったが、それ以上のことは尋ねなかった。単なるガイドではなく、市の職員か学芸員だったのかもしれない。いずれにせよ、人間と犬との友好関係を象徴的に示す史料が後世へ引き継がれていくのが、私には喜ばしく、思わずほくそ笑んでしまったほどだ。そんな私の様子に気づいて、相手はいささか奇異に感じたのだろう。小雨のなか博物館を見学しに来て、ほとんど〈加曽利の犬〉しか見ずに帰っていく訪問者とは何者かと――。そのあと、車で十分とかからない自宅まで、左右に揺れるワイパーにダブってまなかいにちらつく小ポメに、私はこう語りかけていた。

「単純に喜んでいるわけじゃない。縄文みたいにいい時代ばかりじゃないのは、重々承知しているさ。何事もいいときもあれば悪い時もある。はたしていまはどうなのか、お前さんに総括してもらえばよかったが、うっかりしていた。僕としては、いまが評価するのにいちばん難しい時代のような気もする。そのうち夢枕にでも立って、お前さんの意見を聞かせてくれよ」

軽口をたたいてから、しまったと後悔した。夢枕であれ何であれ、できることならこれ以上の再会は御免こうむりたい。昇天した相手といつまでも交感し続けるのは、必ずしも健全な状態とは言えないだろう。

それから一週間、十日と過ぎていったが、幸いと言うべきか、小ポメが私の夢枕に立つことはなかった。ほっとはしたが、そう語っている矢先の、いまからほんの数分前の、いよいよ物語の最後の数行に入ろうかというときに、夢枕どころか、しゃきっと覚醒した頭の中へ、どこからかこんな声が聞こえてきた。

「で、どうだった、オレの死にざまは？　ちゃんと座って、ゆっくり話を聞かせてほしいね」

思わず身を引き、パソコンを前に書斎の椅子でこわばった。視界のかぎりぐるりと周囲を見やったが、もちろんどこにも誰の姿もない。

「冗談はよせよ。お前さんが死んでから、もう何年経ってると思うんだ。昇天したときのことは忘れたわけじゃないだろ。大好きなママの腕に抱かれて、こくりと脱力して息を引き取った。そう聞いてるよ。お前さんにとっては、これ以上の最後はなかったんじゃないか」
それから私は何分も何十分もじっと返事を待ち続けたが、それに答える声はついぞ届かなかった。ただ長い沈黙のあわいのほんの数秒、私の中でつかえがすうっと取れていくような、少しばかり心身ともに軽くなったような感覚にとらわれた。そこには安堵としか言いようのない平安の色が確かに滲んでいた。言うまでもなくそれは私というより、小ポメにとっての平安のはずではあったけれども……。

いまでも何かにつけ思うのは、犬は人間のしもべどころか、その逆ではないかということ。人間のほうがしもべであって、それでようやく犬という崇高で無垢な存在とつり合いが取れるのではないか。古代ギリシャの哲学者ディオゲネスも言っている。「人間の生き方は不自然で偽善的だ。犬に学べばいい」と。まったく同感だが、残念ながら現実はそうでなかったがゆえに、人間はいままで大抵の場合において、自らを尊大にとらえすぎていたのだ。彼ら犬に比べて、少しも優越的な存在などであろうはずもないのに……。私がそこまで断言できるのは、やはり小ポメという一匹の犬との出会いがあったからにほかならない。しかしその小ポメのことでさえ、私には母をはじめとするほかの誰とも違う見え方をしているはずなのだ。生前の小ポメは、可愛いばかりの存在とは別に、冷笑的で挑発的な厄介者として、私の心のうちまでずかずか入り込んできた。私の前では愛らしい姿ばかりか、敵対心むき出しの姿を平然と見せた。とはいえ、いまとなっては私の受け止めもずいぶん違う。気がつけば、小ポメはいつしか、その二つの姿がないまぜになった、それでいて単純にはくくれない一個の屹立した存在と化していた。だからこそ、私にとっての小ポメは誰にとっての小ポメとも違うのだ。

あれほど溺愛し続けた母でさえ、小ポメの死後、時が経つにつれ、〝去るもの日々に疎し〟の例に漏れず、徐々にペットロスを克服し、愛らしいばかりの面影からも逃れつつあった。そのように、いまやものの見事に天上界の存在となった小ポメだが、私にだけはいまもときおり幻影をちらつかせ、なかなかそばを離れようとしてくれない。果てはこの先も小ポメと対等であり続けるために、私はある意味、あやつのしもべとして生きていくしかなさそうだ。癪ではあるが、その覚悟はもうできている。

あとがき

「小説にあとがきを付すのはいかがなものか」と、出版間際に言われることが以前に幾度かあった。小説に「あとがき」など言い訳めいたものにしかならない、というのが不要の理由らしいが、さして的外れでないとしても、今回ばかりはこれまで以上に「あとがき」を付ける必要を感じている。しかも、それが「言い訳めいたもの」どころか「言い訳そのもの」であることも重々承知している。

振り返れば、前作『夢うつつ、旅』（二〇一九）の上梓から丸四年が経ってしまった。期せずしてコロナ禍と重なり、その程度はともかく、一変した周囲の環境が執筆にも大なり小なり影響を与えたことは間違いない。

実のところ、この四年のうち、最初の一年ほどは前作『夢うつつ、旅』の続編にあたる作に取り組んでいたのだが、思いのほか筆がはかどらず、百枚ばかり書いたところでとうとう挫折してしまった。その書きかけの原稿はいまだ放り出したままだが、その扱いに関してはいずれ再考のときがこないとも限らない。——というわけで、本書『犬のしもべ』はその後の、二〇二〇年から本年までの約三年間で書き上げたものである。


本書の執筆に着手した動機には、残念ながら声高に言えるほどのものはない。執筆に駆り立てる社会的背景とそれに対する問題意識はそれなりにあったとしても、比較的手近な題材を選んでしまった感は否めない。それだけに、スケール感やストーリー性にやや欠ける印象の作品になってしまった気もするが、その一方で、私小説とは異質であるものの、私的な要素は色濃く、表現がときに諧謔的であったり、あるいは随筆的な要素を感じさせたりする部分があるかもしれない。

私的な感慨を込めて言うなら、本書の執筆を通して教えられたのは、〝家族〟とはどんなときにもある種の均衡の上に成り立っているということだ。ペットが立派な家族の一員とは、よく言われることだが、作中の子犬が生きていた時代には（実際の時期とはだいぶ異なるのだが）、筆者の家も——実家を含めて——確たる均衡の上に成り立っていた。時を経て子犬が消えてからは一時期、均衡を欠いたかに見えたが、そうこうするうちに、また別の形の新たな均衡が形づくられていることに気づかされた。

このように家族の均衡は、移ろいつつも、繰り返し姿を変えて立ち戻ってくる。そのことを教えてくれたのが一匹の飼い犬ではなかったか。

最後になったが、水声社の社主・鈴木宏氏には、前作に続き今回も出版の快諾をいただいた。同社編集部の飛田陽子さんには、丁寧で迅速な編集作業でお世話になった。装幀については前作同様、グラフィックデザイナーの宗利淳一氏にお願いした。本書を世に出すために尽力いただいた皆さんに、この場を借りて心からの感謝を申し述べたい。

二〇二三年五月

菊池英也

著者について――

菊池英也（きくちひでや）　一九五八年、宇都宮市に生まれる。青山学院大学文学部卒。千葉市在住。主な小説作品に、『闇に眠る骨であるわたし』（パロル舎、二〇〇九年）、『アルバトロスの羽根』（鳥影社、二〇一三年）、『めぐりあう者ども』（幻戯書房、二〇一五年）、『焚書野郎――菊池英也自選短篇集』（幻戯書房、二〇一六年）、『夢うつつ、旅』（水声社、二〇一九年）などがある。

装幀——宗利淳一

犬のしもべ

二〇二三年六月二五日第一版第一刷印刷　二〇二三年六月三〇日第一版第一刷発行

著者――菊池英也
発行者――鈴木宏
発行所――株式会社水声社
東京都文京区小石川二―七―五　郵便番号一一二―〇〇〇二
電話〇三―三八一八―六〇四〇　ＦＡＸ〇三―三八一八―二四三七
［編集部］横浜市港北区新吉田東一―七七―一七　郵便番号二二三―〇〇五八
電話〇四五―七一七―五三五六　ＦＡＸ〇四五―七一七―五三五七
郵便振替〇〇一八〇―四―六五四一〇〇
URL : http://www.suiseisha.net

印刷・製本――ディグ

ISBN978-4-8010-0736-9

菊池英也の本

夢うつつ、旅

消え去った恋人の残した謎めいた本に導かれて、横浜、伊豆、軽井沢、陰岐、鎌倉、そしてインドへ！　存在と不在の深淵を経巡る魂の旅。気鋭の小説家が書き下ろしたミスティックな長編恋愛小説。

定価二〇〇〇円＋税